サイレンである
ヒロシマナガサキである
ナガサキアゲハである
アフリカオナガヤママユである
スワヒリ語である
ジャンボーである
風スル馬牛である
風刺である

現代詩文庫　250

思潮社

村田正夫詩集・目次

詩集〈遥かな雲たち〉から

詩集〈鳩のシャワー〉から

評論

詩人論・作品論

装幀＝菊地信義

詩篇

詩集〈黄色い骨の地図〉から

空腹について

空腹のときに、何も空をみなくてもよいのだ
が　アドバルーンが胃袋にみえるとなると
気になって仕方がない
この空腹という原始的生理が　鉄筋コンクリ
ートに囲まれたアスファルト路上を　自嘲に
似たクラシックのテンポで歩いている　この
コントラストは　場末の映画館のかすれたフ
ィルムに通ずるのだが　とにかくやりきれな
いのは　その足音が必要以上にはっきりと幽
霊の音階に達していることだ
二十世紀の文化は　ラスベガスから　蒲田駅
前のパチンコ店にまでおよび　グレシアムの
法則が確立されている
こうした中にあって　空腹は　いつも淘汰寸
前の時期にある　その空腹の数が膨大なので
しかしそれを見逃しにすることもできない
こうして空腹は黒い制服に規制されながら
一見　永久に保存されようとしている　しか
し　この空腹の群れは　目も　耳も　口も
日々正確な感度に近づいている
空腹が　東京にあふれている　日本にあふれ
ている　世界にあふれている　そしてこの空
腹たちが　プラカードを作り始めようとして
いる
新しい美学が　空腹の胃壁をカンバスとして
完成する日は明日だ

宗谷岬

北緯四五度三一分
日本の最北端の海は灰色に

ソ連船ラズエズドノイ号事件は
昨日この付近で起ったが
夜　対岸〈サハリン〉の灯台の光は
国境の緊迫を強くうちはなしている

岡山県出身の灯台の主婦は
かつて対岸の灯台に十年居たというが
ストーブの湯をかえながら
ここでは米がとれなくて
もうすぐ馬鈴薯がとれると
一日に二回は
それを主食にするのだと
低い声で語った

春と秋の草花が共に咲き乱れる丘に
親子の馬がたわむれ
アンテナは告げる
——北々東の風　曇

釧路

未明の街は
青く幻想的で
海岸からの
濃霧が
爬虫類の不気味さをもって
冷たく　音をたてずに
街灯を一つ一つなでながら
小さなボストンバックをかかえた
私を追ってくる

駅では列車が黒く眠っていたが
ドアをあけて入り……
やがて東の白む頃には
根室行四七一列車となって
東に進んだ

雨に新宿は濡れていた

グリーンベルトにも気付かぬように
傘と人々が動きを止めない

その中の一組として

女持ちの小さな傘の中で
女は深いセピアに
私は深いグレイに
濡れていた

一緒に歩きながら
私はただためいきをかみしめていた
沈黙の中で
足もとをつぎつぎにすぎる
水たまりを見ながら
小さな傘の中のような私たちの世界が
何処か近くに在ることを夢見た

夢は水たまりから水たまりへ移り続けて
不安だけが私の手元に残った

別れのとき
この社会に続く明日の知れない私は
しかしそっと約束した「晴れたら明日」……
と

雨に新宿は濡れていた

（『黄色い骨の地図』一九五五年潮流詩派社刊）

詩集〈東京の気象〉から

葡萄状鬼胎　Blasenmole

コンクリートの生理が妊娠の科学を拒否したとき、車道を横断する男女はリアリストに徹してしまい、想像の美学を変質させたのだ。

〈赤〉トマレ！

または既に退化した女のエピソードの名残りに、くちづけの時間を持ち合わせない彼らの立体的構成音は、遂にベートーベンをも葬り車道の途中で、高速自動車との抱擁に陶酔した女が、自分の屍体をそこに置きわすれて、ぼんやりと、灰色のビルに入っていった。

その上を自動車が走り、その自動車の上を自動車が走る。

女の屍体の腹膜の裂け目から、ひょいとのぞいた子宮が、ぼあんぼあんと膨れて、絨毛膜絨毛が水腫性変化しつつ、葡萄状鬼胎が形成される。

その数が三億であろうか、三十億であろうかと、車道を横断する人々は、やっと立ち止って、自動車にはねとばされながら考え込む。

配布された彼らの今日のメモにはそんなことに感動すべきことは指示されていないのだ。

しかし今朝の新聞を綿密に読んだ者は、社会面の片隅の〈今日の交通事故による死亡者予告欄〉に、その女の氏名と年齢と場所と時間とが、既に記載されていることに気がついているかもしれない。

不思議なことは、非常に正確であるべきその記事に、この葡萄状鬼胎のことが予告されていなかったことである。

そこで、次々に自動車にはねとばされながら人々は自分の屍体に腰をおろして討論をはじめなければならなかった。

議題「葡萄状鬼胎を予告すべきか」

自動車はかさなりあって、東へ西へ走り続き
シグナルはまだ赤く、灰色のビルの五階の窓
からは、さっきの女が頰杖をついて、この討
論を傍聴していた。

小菊

或る日おまえは
私の向い側に坐って
火鉢の炭をつついてから
白い手を二つ
指を揃えてだし
「おおさむ」と肩をつぼめて
私の顔をちらとみた
美少女であるおまえは
この社会では
上玉と云われる
まだ子供だからというので

置屋の
台所仕事など手伝わされて
白い手が
しもやけがかっていた
私たちがそのとき
何も言葉を交わさなかったのは
少してれていたからだ

やがておまえは
18才にまだ半年も前だというのに
おひろめというので
街中を
廻って歩いた
島田に結って
着飾ったおまえは
さらに美しさを増したのか?
小菊というのが
おまえの源氏名と決まった
菊のように

清純だったおまえに
それは
ふさわしいのか　皮肉なのか
左褄をとって
一本になって
姐さんになる……
それは
おまえの地図の砂漠だ

——きれいな妓だよ
——一人前になったねえ
人々は
この社会のしきたりのままに
何べんもくりかえしてきた
空虚な歓声を
おまえの空間にふりかけた

そしておまえは
酒や　煙草や
みだらな唄や
男たちの体臭に
ほんろうされながら
「せめて立派な芸妓になる」
と口唇を噛む
あまりにも悲しく咲いた
小菊であった

〈花の命の短かければ……〉
おまえの心もからだも
つかれはてて
カルテに
結核とかきこまれると
捨てられるように
おまえを売った義父たちの家へ
帰らなければならない
おまえの
やつれたうしろ姿が
遠のいてゆくとき

そっと
道端に咲く小菊を見守ることが
せいいっぱいだった

小菊よ　さようなら
道端の小菊は来年咲くが
死んだおまえはもう咲かない

あたたかいということ

あたたかいということが、私の部分をつつみはじめると、そのなかにひたりながら、いったいこれはどうしたことかと考えたくなる。なんだか不思議なのだ。しかもそうあり得るのだ。ポケットの中の青春のように、小さな気泡をとばしながら、あたたかいということについて、私はひそかに発言したくもなる。季節をこえたあたたかさの中に、さわやかな恋の物語があってもいいし、憩への郷愁があってもいいし、明日への動力の発芽があってもいい筈ではないか。そうしたものいっさいを大きな函につめ込んで街頭に立ち、ラッシュアワーの電車からおりてくる人達に、広告ビラのように手渡しする。受取った人達は、都会病の顔筋のひきつりを軽くほぐして、家へかえればよい。あたたかいということが、家々の窓をあかるくしたときに、それが、不思議な幻想であってはならないように、いま私は、自分の靴の音を、はっきりと一つ記録しておこう。

（『東京の気象』一九五八年潮流詩派社刊）

詩集〈戦争の午後〉から

鳥

どかっ
私たちをのせた
事件が
よこたわる
人々はみる
私たちの流した血を

血は金属とガラスとアスファルトに
彩色する
それは
ささやかな
私たちのサイン

わかってくれ
その意味を
私たちのねがいを

きょとんと
開きっぱなしの
私たちの死んだ目に
最後にうつったのは
街の空をとぶ
鳥だった

鳥の目には
私たちの血のほかに
もうひとつの
事件の現場の血が
同時にキャッチされていた

ナイフ

とつぜん
とつぜんのつもりで
たちあがれ

みろ
またはさぐれ

うごくものがうごき
おしよせて
うずまいている

ちから

うたう
さけぶ
あつみとはばの

そこに

ナイフ　が　生れる
ナイフ　が　そだつ
ナイフ　が　発情する
ナイフ　が　すっとぶ
ナイフ　が　殺し屋を殺す

目

ひとつの目がある

それは
左の目ではない
右の目ではない

顔のまんなかに
大きく横にひらいた

ひとつの目だ

その目は
みている
ホルマリン液にみたされた
ガラスびんの中から
となりの双頭児を

ニスのはげた
標本室の棚に
つぎつぎにおかれた
泣き騒がない奇型の児らを

君はもう
学校へ行っていいのだ
教わった言葉で
なにもかも質問しろ

大きく横にひらいた

ひとつの目で
おなじ職場の恋人に
素晴しいウインクをおくれ

だのに
ガラスびんの中で
いつもおなじ姿のまま
その目は
みている

標本室の
ガラス窓から
すこしのぞいた　重い雲を

その中にゆれうごく
ぼくらの見失った
マイクロマイクロキュリーを

敬礼

歩兵第一一九聯隊
現役　昭和一八年徴集　陸軍二等兵

入営した日
まずなぐられたのは
敬礼をわすれたことによる

だから　いつも敬礼する

昭和一九年六月一日　一等兵になる
――敬礼

昭和一九年六月二二日　門司港を出帆
した朝もそうだった
昭和一九年八月二〇日　昭南港に上陸
した朝もそうだった

いったい誰に敬礼するのだ
中隊長殿にか
聯隊長殿にか

熱帯林を北上しながら
緬甸地区作戦に参加
昭和一九年九月二〇日　電信第一九聯隊に転属
――敬礼

昭和二〇年四月二〇日
トングー東方一三哩の地点にたった
小隊長殿に敬礼してから
掘りたての塹壕のなかで
軍曹殿に敬礼した

まもなく空襲警報ラッパがなる
暑さはひどい
眼に汗が流れこみ
暗号をおくる

キイはぬれていた

　……
　ハーモニカ
　　ダク
　カトーセキ
そこまで打って
とつぜん　敬礼する
両眼をかっとひらいて
中空をにらみながら
右手の指先は
正確に鉄帽のふちにのびていた

いったい誰に敬礼するのだ
師団長閣下にか
司令官閣下にか
昭和二〇年四月二〇日　上等兵になる
昭和二〇年四月二〇日　兵長になる
昭和二〇年四月二〇日　戦死

傷　　名　左胸部穿透性貫通銃創（心臓損傷）
受傷状況　昭和二〇年四月二〇日陸軍軍曹×××
　ノ指揮下ニ通信実施中受傷地点ニ於テ敵
　機銃撃ニ依リ左胸部ヲ受傷
右現認ス

生きたいともいわなかった
かあさんともいわなかった
なんにもいわずに硬直した
そのときの敬礼は
現認証明書となって故国へおくられた

終った命は
綴じられた紙の
ひときれにすぎない

だがその紙きれは
今なお

所属官庁の倉庫のなかで
敬礼しつづけている

いったい誰に敬礼するのだ
総理大臣にか
天皇陛下にか

戦死

インクで書かれた数字のあとに
手際よくゴム印の二つの文字が押されてゆく
一つの係が一〇人として
五つの係で五〇人
日計表で集計される処理件数は
二〇〇〇〇件弱
一ヶ月二五日として　およそ五〇〇〇〇〇件になる
インクで書かれた数字は

たとえば
昭和17年5月12日というように日付で
ゴム印の二つの文字は　戦死

戦死とは何か
ものめずらしさは
アルバイトの女子学生たちの目からすぐ消え
つぎつぎにつまれるカードに
記入し押印する
〈日給四〇〇円って、いいほうよ〉
〈二五日で一〇〇〇〇円、ちょっと北海道へ行けるじゃない〉

たとえば
昭和17年5月12日というような日付が
生年月日でもある女子学生たち
つぎつぎにつまれるカードに
記入し押印する
君たちの手に

ゴム印はゴム印であり
戦死とは　ただ二つの文字にすぎない

プラットフォーム考

わかれは
プラットフォームに落ちた
白いカードだ

両開きのドアに
私たちの時間を封じこんで
電車がはしると

私は
はやりうたの
メロディのように
雑踏のなかでたちすくむ

もう会えないのだ
日焼けしたおまえ
その長い髪の匂いを
のこしたまま
おまえは
みごもることをやめて
電車にのった

ふたりをつなぐ
二本のレールは
みるみるうちに
赤く錆びてしまい
あたらしい生命をゆるさない
私たちの掟が
蜃気楼となって
近づいてくる

そのとき
洪水のあとのように

駅は静まりかえり
白い繃帯を
まきはじめる

傷ついた私たちの季節を
せめて探照灯(サーチライト)からまもるために
そうだ
繃帯は迷彩となる

だから
私は
白いカードに
おまえの名を駅名のように書きこみ
それをぶらさげて
いつまでも
プラットフォームで
直立する

（『戦争の午後』一九六二年思潮社刊）

詩集〈ポンプノチカラデスイスイアガレ〉から

地下水道

はじめに戸板を一枚
つぎに
空罐に蠟をつめて芯を出したのを
そのあと　食糧は
乾パンに米や豆の煎ったのを
できたぼくらのアジト
地下水道の
まるい空間
そこで
食事し排泄し討論する
多摩川に注ぐ
京浜工業地帯の汚水の上

あつまったのは三人

メタンガスの匂いの中で
明日の日程をきめる
朝
牛乳と新聞をA地区の
十数軒から収集する
B地区のC宅に
五〇〇グラムの石を投げて
ガラスを割る
昼
D国道をとおり
E高射砲陣地の角をまがり
F寺境内で空気銃の射撃練習
但し　途中エビガニを発見次第射殺すること
………

ぼくらのグループの名は　ゼット団
ぼくらのバッジはインデアン
ぼくらの暗号は乱数表で
ぼくらの武器は

空気銃にパチンコにナイフに手製の銛
ぼくらの共有財産は
ベーゴマにビーダマ
近所からいろいろのがらくたを失敬し
気にくわぬ家のガラスを割り
少女を誘拐し
犬や猫を狙撃する

4月18日には
来襲したノース・アメリカンと空気銃で対戦
防空壕になんか入らない
高射砲弾の破片を
隕石のように大切に保存する

戸板の上でぼくらは
マドロスパイプをくわえ
腕に錨をかいて
やがて船乗りになることを夢見る
ぼくらの地下水道は

Ｖ字型に分岐しＴ字型に交叉する
ぼくらの希望も
Ｖ字型に分岐しＴ字型に交叉する

夏になると
ぼくらは胸をふくらませて
多摩川の朝の光の輝きを見る
そして
盗んだボートで遡る

だが
夏のある日
ワルシャワの市民が
血みどろの地下水道から見た
ヴィスラ川の
朝の光の輝きを
そのときはまだ知らない

コレヒドールにて

スコールまがいの
風と雨のあとで
晴れた空にちぎれ雲がはやい
あの雲のかたちは——
そうだ　僕は
コレヒドールへ行こう

出札口で　片道切符を一枚！
おそい列車にゆられて街をはなれると
巻いていないゲートルを
やたらにほどきたくなる
それにしても　この列車は
どうしてこんなにゆったりしているのだろう
トンネルをこえた小さな駅で
僕はおりる
一直線の道は人影もなく

むせかえる草の匂いにつつまれた小さな丘
要塞でも激戦地でもない
ここが僕のコレヒドールだ

あのとき埋めた教練用の歩兵銃はどうか？
餓えた中学生の
戦争の記憶にぴたりと照準を合せて
〈僕は誰も殺さなかった〉
と確信する

ほんとうだろうか
たとえば　工場動員で作らされた
多数の部品たちの行方はどうなのか？
ちぎれ雲が
いろいろな部品のかたちとなって
つぎからつぎへ何もいわずに
コレヒドールに立つ僕の上を
すぎていった

殺された春の日

膝を抱いて坐っている
君の顔をもう
すっかり憶えてしまった
なんという名で
いくつになるのか知らないけれど
君はいつも　僕のそばにいる

ある日君はたちあがり
ひくいけれど
しっかりしたポーランド語で
僕に話しかけてきた
お早よう
という挨拶にはじまり
ポーランド語のわからない僕にも
君の言葉は不思議によくわかるのだ

そう

ナチの戦車部隊の進撃のまえに
ポーランドの騎兵は
戦力とはいえない

ワルソーが占領されると
ユダヤ人はゲットーにとじこめられる

たとえば日曜日
みんな集められて髪を刈られ

たとえば月曜日
学校閉鎖となり

火曜日に
上衣の胸にユダヤの星をつけたとすれば

水曜日に
十日間有効の虱の消毒済証明書をもらい

木曜日
うすいスープを作るための芋を没収され

金曜日
街頭に転がる死体片付け作業にゆく

そして
たとえば土曜日
トレブリンカ収容所へ送られて
君自身が死体になる

さようなら
いつの日か再会の祈りをこめて
君の体はなくなり
膝を抱いて坐っている
写真だけが
僕のそばにある

くりかえしくりかえし君は話す

ユダヤ人であることだけが理由で
殺された春の日について——

夏の日も
秋の日も
僕は
膝を抱いて坐ったまま
君が殺された春の日を思い
やがて
冬になると
僕自身の春の日を思いはじめる

（『ポンプノチカラデスイスイアガレ』一九六五年潮流出版社刊）

詩集〈ナポリを見て死ね〉から

君の街角　小便小僧*に

日暮れの街角に
君はひとりで立っていた
足をとめて
君を見る者は誰もいない

この街に
君がいるということだけが
ぼくの記憶であったから
ホテルを出て
まず
グラン・プラス*へゆき
それから
ほんの少し迷子になりながら
いま　ここにぼくは立っている

東京に浜松町という駅があって
その赤茶気た殺風景なホームに
戦後まもなく
真白な君がちょこんと立った

ぼくは満員電車の窓から
君のちっぽけな白い姿を見守り
何かをみつけ出そうとしたことがある

だが
いつのまにかホームはきれいになり
君はどこかへ行ってしまった

この街角に立つ
黒くくすんだ君は
五百年もまえからこの街の市民

君がこれから

また五百年
ここに立つとしたら
ぼくはとおい東京で
せいぜい数十年のあいだ
君をなつかしく想うだろう

君がどこかへ行ってしまったとしても
ぼくはやはり
想い出すにちがいない
この街角に立っていた君を
せいぜい数十年のあいだ——

せいぜい数十年は
それでも
ぼくにとって悠久の時間だ

いつのまにか
夜になった君の街角を
ぼくは去る

ぼくなりの悠久にむかって
ぼくは歩く

＊小便小僧（Manneken-Pis）　グラン・プラスのすぐ近くの街角に立っている。
＊グラン・プラス　ベルギーの首都ブリュッセルの中心にある広場。

目のぎょろり

かたいの
やわらかいの
犬の糞を踏んづけまいと
テロリストのように
細心の注意をはらいながら
ぼくは
モンマルトルの墓地に沿ってあるいた

なるほど
そのとおり
坂もあった
石畳もあった
そして
ときどき
街角にぎょろりと光るもの
ユトリロもロートレックもいない
人通りの絶えた
この街角で

ぎょろりと光るもの
それは
ブランキ＊おやじの
目のぎょろり

コミューン＊の夢
パリの夢

百年たっても
まだ消えない
反逆の目のぎょろりだ

＊ルイ・オーギュスト・ブランキ（一八〇五～一八八一）フランスの革命家。結社による武装蜂起が大好きな徹底的反逆児であった。
＊コミューン　ここでは一八七一年三月一八日から五月二八日までの七二日間パリに樹立された革命政権のこと。このときブランキストも大いに活躍した。

アンネは無心に

カステラのような家
クリームのような屋根
そしていちめんに
白砂糖のような霜
運河は凍らず
うしろにポストをつけた
市街電車も
まだ走らない

しのびよる冬に
人々はどう備えたらよいのか

ある日　ふと
アンネは無心にみつめていたに違いない
きっとそんな静かな朝が
あの頃のアムステルダムにも――

屋根

太陽の道＊はやがて夕陽の沈む道
沿道の松がシルエットになると
赤い星がひとつ
大きく弧をえがいて流れ落ちる

ローマで
たしかに夜だった
七〇〇〇リラ払った　ローマ・バイ・ナイト*
バスの窓にうつる名所も古蹟も
ふきあげる噴水も
イタリア訛りのガイドの英語も興味がない
ただただ私は
屋根を見上げるだけ
いろとりどりのくすんだ屋根を

レジスタンスには
夜の屋根がよく似合う

*太陽の道　アウストラーダ・デル・ソーレ。ムッソリーニが作った自動車専用道路。
*ローマ・バイ・ナイト　ローマ市内の夜の観光バス。

（『ナポリを見て死ね』一九六八年潮流出版社刊）

詩集〈バラ色の人生〉から

バラ色の人生

世はまさに風神雷神である
封紙頼信紙である
忠臣楠氏である
中止乃至死である
精子卵子である
喰う詩
空詩
空襲である
サイレンである
ヒロシマナガサキである
ナガサキアゲハである
アフリカオナガヤママユである
スワヒリ語である
ジャンボーである

風スル馬牛である
風刺である
風詩である
風の中の灯ィ
消えていった幸せェである
底知らぬのである
闇の中である
さわりたいのである
さわるのである
粘膜である
さわあれどあれ
あがるものはあがれ
国鉄運賃あがれ
私鉄もあがれタクシーあがれ
牛肉あがれ
大根あがれ
天まであがれ
月に軟着陸
やわらかあく

やわらかあく
やわらである
美空ひばりである
彼女はエライ
最敬礼ィである
ヘイカデンカヒデンカ
ゲイカカクカよりもエライのである
カクカクシカジカである
知人宅のマンションで
夜中に
三メートルはなれて
着衣のまま
きちんと
事故死したというタカツカサ氏よりずっと
エライのである
エライひとは追われるのである
エンクルマが追われ
スカルノが追われ
勲章銅像くそくらえである

だがグンタイはさらに恐ろしい
コワイコワイである
ダダダダダダ…で
皆殺されるのである
殺すのである
殺されるのは俺たち
殺すのはグンタイである
三矢作戦である
どこにもある
千歳、横田、沖縄……にある
市ヶ谷にある
自衛隊員募集中である
イラッシャイ　イラッシャイ
つまり
ヨッテラッシャイョ
ネエ
オニイサンッタラである
ゲイである
オカマである

月夜にカマを抜くのである
ベトナム出張である
派遣である
派兵である
憲法第九条ではないのである
平和ではないのである
ピースは煙草の名である
火がつけば
やがてなくなる
ナニヌネノである
ノギサンガである
ガイセンスである
スズメメジロである
メジロは女子大である
そのとなりがわが母校である
ボーコーである
ワセダである
バカはバカでも
ワセダのバカはヨイヨイである

学生ガンバレである
坊ッちゃん大学なんてイヤである
であるんである
授業料のあがる大学を落ちる
受験生がいる
ボーイング707機が落ちる
ボーイング727機が落ちる
ヘリコプターが落ちる
ジェミニ8号が落ちる
チルチルミチルである
幸せである
人類学入門である
黒いの白いの黄色いのである
いっぱいである
おっぱいである
壮観である
風刺雑誌『NON砲』創刊である
NONである
NOである

イヤである
デュポン
モルガン　イヤである
憲兵、警察、制服、号令　イヤである
イヤーである
イヤー
会津磐梯サンである
タカラの山である
ザックザックである
メロンのような
メレヨン島のような
オバケが出た
オバQである
パンチである
パンティである
ヒップアップである
アップアップである
笑うとマケよ
睨めっこである

しましょうよである
始末書である
裁判所である
恵庭事件である
または
野崎牧場である
アメリカ国日本土民軍である
立札である
タテである
タテ祖国の子等よ
タテタテヨコヨコ
である
横浜では紀元節である
クモニソビエルである
旗である
血に染まった丸いマークである
旗行列である
勝ち抜くぼくら少国民である
天皇陛下の御為（オンタメ）にィ

死ィねといわれた父母（チイチハハ）のォである
ゲートルである
巻くのである
膜である幕である
刑事をまくのである
細菌をまくのである
爆弾をまくのである
ふたたびベトナムである
バラまくのである
バラ色の人生である

あんた風邪ひいてんのね

護るべきか
護らざるべきか
天皇つきの法典
断呼　蹴とばせ！

大声で叫けぼうとすると
さしあたってこれで間に合わせなさい
蹴とばせば明治憲法に逆戻り
ひそひそと
プロンプターの声
あたりきょろきょろ
誰もいなくて

これぞ
我が心の呼ぶ声
やむを得ずゴケンゴケンと
せきこめば

あんた風邪ひいてんのね
自衛隊はイケンイケンと
せきこめば

やっぱり
あんた風邪ひいてんのね

その男すなわち……

その小説*のおわりは
シャロンのバラという女が
飢えた老人に
自分の乳をのませる
ショッキングな
暗いアメリカの現実でありました

というわけで
アメリカという
へんてこりんな語感の中で
その男だけには
なんとなく
親しみを感じておりましたるところ

だがそれは
なるほど
こちらの勝手
まさに勝手でありまして

つまり
その男
ベトナム戦争を見物にゆき
いや　見物どころか
ときには興に乗じて

ある日
ある作戦の
第一回目の射撃の
第四門から発射させる
名誉を与えられて

ドカンと一発
殺人行為
記念にその薬きょうをもらい
それを
ひそかに　ではなく堂々と公表して
はばかることがない

いわば
正直者として
まことに見上げた男なんでありましょう

その男
すなわち
オネスト＝ジョン*・スタインベック！

*その小説「怒りの葡萄」
*オネスト＝ジョン　かつて日本の基地へ持ち込んだアメリカ軍の大砲

（『バラ色の人生』一九六九年潮流出版社刊）

詩集〈センチミリミリの歌〉から

朝　その1

日が昇ると
ひとつのビルが急に消えた
コンクリートのかけらを
形見のように残しておいて
さようなら

ひろくなった視野に
もうひとつむこうのビルがみえる
じっとみていると
そのビルも
ゆるやかに消えてしまって
さようなら

舞いあがる砂塵のなかに
もうひとつむこうのビルがみえて
それもまた
吸い込まれるように
たいらになってしまう
さようなら
さようなら

つぎからつぎへ
たいらなコンクリートの平原がつづき
明るくなった朝の空

鐘ならず
鳥なかず
始発から
電車はしらず
新聞配達人も
牛乳配達人も
いない
予約された

トウキョウ紀の
地層を
ひとりだけになったおれは
長い影をひきながら
踏みしめ踏みしめ

素晴らしい一日のはじまりに
思いっきり身振いするのだ

ベトナムに雪降るように

ベトナムに雪が降る
しんしんと
雪が降る
といえば
人々はおどろくだろう

だが

ベトナムに爆弾が降る
ずしんずしんと
爆弾が降る
といっても
誰もおどろかない

ベトナムでは
片足ちぎれた赤ん坊でも

少女のからだが
ばらばらに
吹きとんでも

少年の首と胴がはなれて
その首を
すってんころりと
道端にすてても
誰もおどろかない

ベトナムでは
いま　ひとり
すぐに　さんにん
つぎが　ごにん
目のまえで
いくら死んでも

草木が枯れて
花咲かず
実がならなくても
誰もおどろかない

ベトナムで
おどろくことは
雪降りつもるか
ごく平凡な静かな一日――

こんなときこんな或る日
ぼくらにとって

いまや
こんにちは！
のかわりに
ベトナムは！

にこにこ手を振る
ぼくらの挨拶
おどろくべきことに
おどろかない
おどろかないことに
おどろく
ぼくらの日常

そこで
ぼくらは
ごく平凡な言葉をつづけよう

ベトナムに
雪降るように

ベトナムに
ごく平凡な静かな日々を！

シャベルの詩を書く

ある朝起きると
どこかでどこかの大統領が
暗殺されていた
なんていうことに驚いて
あわてて
詩を書くな

まつことだ
一年
それでも足りなければ
まつことだ
また一年

そのあいだ
俺は
バナナの詩を書く
バナナの皮をむいて
ポイッと捨てた詩を書く

それから
さみしいテロリストの葬式に
土かける
シャベルの詩を書く

啄木について

啄木について書け
というので
啄木を読む
二十二年ぶりに
読みかえす

あこがれていた
あの頃
一握の砂を示しし人よ
悲しき玩具であるか
おれたちのうた

渋民村ではない
まだ
疎開していた
佐久高原の中学校で
はてしなき議論のかずかず
テロリストにあこがれていた
あの頃
わが空腹の時代——

いま
あつい夏
汗も涙もぬぐわずに
書こう
啄木について
書こう
テロリストの悲しき心　と

石に水をかける　山崎富栄忌に

ひとりの男と入水したひとがいた

ある日
そのひとの手記を私はみた
I love you for sentimental reason
という言葉を何気なく憶えたが
気がつくと
そのひとはやがて
笞打たれるように消されていった
今日私が立っているのはそのひとの墓のまえ

数人の知己があつまり
話をする
桜桃をつまむ

去年と今年の
一八年間に二度のあつまりを
私たちは富栄忌とよんだ

だがそれは
センチメンタルな理由からではない
筈があるならぽいと捨てよう
そのつもりで
石に水をかける
パリの話だってする

（『センチミリミリの歌』一九七〇年潮流出版社刊）

詩集〈北の羅針〉から

シベリア鉄道にて

雨がはれると
窓から見えたものは
背のひくいコスモス
背のひくいひまわり
ポプラ並木
それから
はてしなくつづく針葉樹林
ときどき小さな家があり
レーニンのポスターがあり
のんびりと踏切りがあり
人影どこにもなく
いつまでも沈まない夕陽があった

八月

おお　ガスと　光と化学記号の錯乱する八月
むかし戦争があって終った八月
死者の呪い雲となり
おれたちを見下す八月

絵日記と肝油ドロップと昆虫採集の少年
軍艦と飛行機を描き
泥棒やんまと油蟬を捕った八月

少年兵が逝き
少年工が逝き
青い射精のとび散る新聞に
むなしい大本営発表の戦果がにじみ
落下傘つくる少女の初潮が
まだまだおくれていた八月

疎開して
中仙道一里半を自転車で突走り
田圃に墜落した八月

混沌とした昏倒のなかで
Cotton field away と歌った八月

農家の二階の
蚕室の
疎開の荷物の影に揺れた
少年と少女の稚拙なセックス
あとに残る蛍光反応の
はかなく悲しい死んだ匂い

そのたびごとに死んでいった
おれたちのセックス

コンクリートの瓦礫の広々としたにわか作りの砂漠に
焼け残った金庫だけが
サボテンのように点在し

よくみるとそれは
サボテンよりむしろ墓標であって
墓標は権力と資本主義を葬ったのかと思えば
それは大いなる間違い
または
気違いであり食い違いであった

狂乱の八月
竹槍持って本土決戦の歌うたった感激ただちに捨て難く
神州不滅　国体護持をちょいと誓った八月

いくたびも
いくたびも
八月は
来て去り来て去り

いつのまにか
八月はすべてのはじまりの重さとなった
暗くてやがて明るくあるべき

はじまりの月
begin began begun の月

おお　ガスと　光と化学記号の錯乱する八月

バスをおりて
アスファルトの家路を急ぐと
油蟬はコンクリートの壁で　ギイギイと鳴き
一本の銀杏が
まだ死なないぞと緑の弧を描いて踊る

武蔵野の真ん中だから中野というのだ
中野の真ん中だから中央というのだ
中央で
その真ん中に立っているのだといわんばかりの銀杏よ
中央線中野駅南口に
シャンボールがたち
ソレイユがたち
マルイがたち

中野郵便局が今たちつつあり

そのどれでも
銀杏より高くて大きいにもかかわらず
小さな墓標にみえるにすぎないのは何故か

それでも
八月にはコンクリートもアスファルトも
生きかえる
その束の間の生きかえりに
油蟬はしがみついて
ギイギイと鳴くのだ
そして
ときには鬼やんまが飛ぶ

だが
おれは今や分別ざかりというわけで
おまえたちを捕えることはできない
青い射精もとうにおしまい

ミニスカートの彼方
白い布に包まれた
骨壺

あわれ恥骨縫合の彼方
八月の汗の粘りは
溶岩のようにどろどろと流出するのを
凝視せよ

おお　ガスと　光と化学記号の錯乱する八月

アムールの水浴
モスクワ郊外の飛行場を囲む白樺樹林
猫の城と鼠の城
ベッターホルンの孤独な稜線
サンタマリア海岸では黒くて細い貝
カサブランカではいつまでも西の空

すべて

更年期の太陽は
黄色く燃えてゆきわたり

それはそれ
かかわりのない股旅に似て
いつも不在の八月のテロリストが
今日もまた自分の指を数えては
冷たい水を
一気に飲むのだ

(『北の羅針』一九七三年潮流出版社刊)

詩集〈奴隷歌〉から

英語の実力

おれの英語の実力は
おそるべきもので

ファザーとフェザーを間違えた
という話をきいても
おどろかない

おれなら
ファザー・フェザーとくれば
親父がひげを剃る　と訳す

だから
コインロッカーから
子どもが出てきたという話をきいても

おどろかない
おれの英語の実力では
もともと
子インロッカーだからである

おどろかないけど
わからないことがひとつある
なんで
子どもが死んでいるんだ

おれの英語の実力は
さすがに
そこまでおよばない

ところで
影の声
〈故インロッカーということもあらァな〉

その男（抄）

新聞紙

満州事変の記事をのせた新聞紙のうえに
黒いきたない
赤ん坊の屍体を
その男は見た
赤ん坊というより黒ん坊ではないか
と
その男は思った

すると
産婆が手を伸ばして
その黒くてきたない赤ん坊の屍体を持ち上げ
ヨンと奇妙な掛け声をかけた
屍体は屍体ではなかった
面倒くさそうに
腹のへった呻き声を出した

産声であった
屍体のような赤ん坊
すなわちおれだ

酒

空襲で
空はすべて真赤であった

その男は
国民服を着て一升瓶をさげて出てきた
おれは煎り豆の入った学生鞄を肩からさげて出てきた
おれたちは
裏の原っぱに集った
どの方角に逃げたらいい?

しかし
敵機は去り
火の海も
潮のようにひいた
不思議　不思議

生き延びて呑む春の酒哉

家出

ある日
おれは何もいわずに家を出た

考えてみると
いつも何もいわずに家を出るようになっていた

一ヶ月帰らなかったこともあった

そして
ある日
おれは何もいわずに家を出て

それからいままで

一度も帰っていない
しかし
よく考えてみると
おれはいつも帰っていた
いろいろな所へ
ただ
その男のもとへは
帰らなかった

骨

十数年たったある日
その男は病院で死んだ
ひとり血を吐いて病院で死んだ

ベトナム戦争の記事をのせた新聞紙のうえに
黒いきたない
血を吐いて死んだ

虫けらのような
その男は死んで
棺をあけると
シュウシュウと死臭が流れた

焼く人に
五百円あげて下さいというので
おれは五百円札を紙に包んで渡した

その男はＧＯＧＯと音をたてて
骨になった
虫けらのような男なら
それは
虫けらのような男の虫けらのような骨か
新宿駅の
赤電話から寺へ長距離電話をした

その男が戦争末期にたてた墓はまだあるかどうかきいた
まだあるというので
寺へ向った

駅をおりて道を聞き聞き寺についた
空気がいいとおれは思った

墓の扉をあけると
骨壺は三箇の筈なのに四箇入っていた
おれは
その男の骨壺を墓の中へ入れた

墓というものは
ないほうがいいと思いながら骨壺を入れた

それにしても
余分の骨壺は誰なのだろう
寺で聞いてもわからなかった

虫けらの骨
虫けらの墓

ふと
天皇はまだ死んでいないことを思った
虫けらの骨
虫けらの墓

コンクリートと爪の小景

コンクリートの壁があり
昨日人々がそこに爪あとを残し
今日人々がその爪あとの上に爪あとを残し
明日人々がその爪あとの上の爪あとの上に爪あとを残す

硬いコンクリートに
なぜ
軟かい爪あとが残るのか?
それは非科学的であるようで
きわめて科学的な実験の結果なのである

ユダヤ人の爪は
硬い意思で死を詩にした

それは
詩碑であり墓碑銘であり
ぼくたちは
いつでも
それを各国語に翻訳することができる

（『奴隷歌』一九七七年潮流出版社刊）

詩集〈チャップリン〉から

コールタールを塗る

コールタールを小舎の廂の排水溝に塗れというのである
コールタールは一リットル一〇〇〇円
刷毛は三三〇円
エイオウとばかり柵を越えて廂にのぼり
コールタールを塗る
塗るというよりは
したたらせる
おれは労働者といっても
力のない事務労働者である
しかるに　いまコールタールを塗り
あるいはしたたらせて
レーニンの蜂起を想い
プロレタリア詩の方法など思い出す

おおコールタール　スモリーヌイ
おお労働者
気分よく柵を越えて
ビールのかわりに焼酎をのみ
おお焼酎
おお労働者

まもなく
雨降り
コールタールはずんずん流れ落ちていく

チャップリン

一九七八年三月一日夜（推定）チャールズ・
スペンサー・チャップリン氏は自宅近くのコ
ルジェ・シエル・ブベーの共同墓地で暗殺さ
れる——とチャップリンは云った
チャップリン風の最新のギャグとジョーク

ぽっかりあいた墓地の大きな穴
地下にいるよりは空へ
ハンナ　空へ！

もともと人間の魂は翼をあたえられていたの
だ　だが　ついいまはじめて空を飛びはじめ
たのだ　虹の中へ——希望の光の中へと　い
ま飛んでいるのだ　空をごらん
ハンナ！　上を向いて！

チャップリンを追い出すレッドパージ・オブ
・アメリカ
不自由の女神ほほえむアメリカ
移民チャップリンを暗殺するのはアメリカ
または　亡国トメニアの独裁者ヒンケル

私は共産主義者ではないが　戦争屋でもない
ただの平和屋だ

オスカーを手に二十年ぶりにチャップリンは
アメリカに来てサンキューという
愛するアメリカ　恐怖のアメリカ
チャップリンは　身の危険を感じながら〈笑
い〉の演技をする　いつでも生命がけだ

消防夫のときだってサーカスのときだって
独裁者のときだってスタントマンを使わない
無名で貧乏なときも有名になって金が入って
からも
チャップリンは生命がけいつもいつも生命がけ
建物の外壁から落ちようとライオンに喰われ
ようと
ヒトラーに狙われようと　アメリカから追わ
れようと
すべて生命がけの〈笑い〉の人生
生命がけの風刺！　生命がけの反抗！

笑いとはすなわち反抗精神である

この島国の　有名嫌いで金持嫌いの無名詩人
がひそかに空想的なテロ・リストを作成した
としてもチャールズ・スペンサー・チャップ
リンの氏名はない

【ロンドン77・12・28ＡＰ】遺産は一億ドル
（約二四〇億円）に達するものと推定されて
いる

チャップリンの家は十五室とも二十室ともい
われるがそれはおれの家の数倍ということで
はない
部屋の広さで数十倍　建築費で数百倍　敷地
で数千倍　資産で数万倍　有名度で数億倍と
いうことだ——
だが　おれはチャップリンを狙わない　暗殺
しない

いろいろなことがありました　私の半生は地獄でした

チャップリンは有名人の子でも金持の子でもなかった
少年時代の劇的貧困！
チャップリンは底の底から自分で考えあみ出し手足で頭で腹で背中で体当たり
チャップリンは面白くわかり易く甘く悲しく弱く小さくしかも勇敢に反抗し風刺する

チャップリンを気易く喜劇王と呼ぶな
世界中のコメディアンの誰とも比較するな
王というなら　活動写真王　映画王　芸術王風刺王　反抗王　文明王　王　ＯＨ！

残念ながら　わたしは皇帝になどなりたくありません　そんなことはわたしの任ではありません　わたしは誰を支配することも　誰を征服することも　したくありません

一九七七年一二月二五日未明　チャールズ・スペンサー・チャップリン（八八歳）はスイスのレマン湖を見下すコルジェ・シエル・ブベーの丘にある自宅で死去
サイレントナイトの続きのようにサイレントな午前四時サイレントから生れたチャップリンはサイレントに逝く
サイレント・ビー・サイレント！

詩人も作家もチャップリンを好きでも嫌いでも誰も彼もとにかく書くことだ作ることだ
「独裁者」を！
あるいは「モダン・タイムズ」を「殺人狂時代」を！

生きるため　わずか数人を殺して死刑になるのに　多数を計画的に殺す戦争指導者が英雄

になるとは！

空腹になったら
犬の尻尾でミルクを飲もう　皮靴をボイルして喰おう

それからだ
チャップリンを語るのはそれからだ
それまでは
サイレント・ビー・サイレント！

【ジュネーブ78・3・2共同】同市のスイス・ポー州警察本部は二日チャールズ・チャップリンの墓が何者かに荒され遺体がひつぎごと盗まれたと発表した

チャップリンは死んだのち暗殺された誘拐された消された

ぽっかりあいた墓地の大きな穴
地下にいるよりは空へ
ハンナ　空へ！

チャップリンはいない
どこにもいない

サイレント・ビー・サイレント！

ハンナ　空へ！
空へ！

レオポルト・アラゴンの死

少年のとき死を恐れない教育をうけた
〈武士道とは死ぬこととみつけたり〉というのである

まてよ　これは

武士でない者は死を恐れよということではないか

おれは
毎日毎日死を恐れる
詩とは死ぬこととみつけたり
などといいながら死を恐れつつ詩をかく

一九七八年五月一九日号の週刊朝日をみると
パナマ人レオポルト・アラゴン教授が
アメリカの大国主義に抗議して
ストックホルムのアメリカ大使館前で
自からの身体に火を放ち
姿勢よく数十メートル走って死ぬカラー写真が載っていた

死は抗議である
詩もまた抗議である

死と詩の美しさ
抗議の美しさについておれは考える

入院患者精神的創痍調査表

此の調査は患者の傷や病を治療する上の妨げ
となる心配事や不安を除き早く恢復させる為
と必要に応じ将来職業の紹介をする様な場合
の参考にする為とに行ふのであるから正直に
ありのまま書け
尚此の調査は決して他人に話したり見せたり
しないから安心せよ
次の調査事項に当てはまることがあったら答
の欄に○を書き若し無かったら×を書け

入院患者精神的創痍調査表　○○陸軍病院

調査年月日　昭和一九・七・一
陸軍二等兵　○○○○　原職　農業

㈠病院内の療養生活に何か不安不満があ
りはせぬか　×

(二)何か責任上余り他人に云へぬことで懊悩してゐるのではないか　×

(三)家族がうまく暮して行ってゐるか如何か心配してゐるのではないか　×

(四)退院後の就職のことで不安がってゐるのではないか　×

(五)完全に治らぬのではないかと心配してゐるのではないか　×

(六)今迄の仕事を更へなければならぬのではないかと心配してゐはせぬか　×

(七)不具癈疾（働けなくなる）になるのではないかと心配してゐはせぬか　×

(八)醜い姿になったり他人から嫌はれる様になると惧れてゐはせぬか　×

其他何か心配事や不安があるか

（明ら様に書くこと）

特別に希望することがあるか

（明ら様に書くこと）

退院後是非共部隊ニ追求致シ戦友ト共ニ盡忠ノ誠ヲ盡シ一生懸命御奉公致シマス故是非戦地ニ征カシテ戴ケル様オ願ヒ致シマス

戦死通知

○○第○○○○号

昭和二十年八月二十九日

○○村長　○○○○

×××殿

御主人××殿昭和十九年五月十六日比島パンパンガ州「マタゲーテ」ノ戦闘ニ於イテ奮戦中遂ニ壮烈ナル戦死ヲ遂ゲラレタ旨△△聯隊区司令部ヨリ公報有之リ茲ニ御通知申上クル

ト共ニ深甚ナル弔意ヲ表シ候

それから
英霊
骨のない骨壺
村葬
金持ちでなくても院号つきの改名
金がなければ紙きれのまま
金があれば立派な墓石
それから
それから
昭和の累積のあと
こんどは
こちらから
その死を御通知申上ぐると共に深甚なる弔意を
表し候

（『村田正夫詩群　一九四〇―一九八〇』一九八〇年潮流出版社刊）

詩集〈旅ゆけば北海道〉から

アイヌ耳塚

木古内という駅で
連絡橋をわたって
自動販売機のビールをのむ
こんなに遠いところには
もう　来っこない　か

電車が来て
乗れば
終着駅は松前
〈松前の五月は江戸にもない〉
といわれたほど
昔の松前は景気がよかった？

これは昨日も聞いたな

〈江差の五月は江戸にもない〉
といわれたほど
昔の江差は景気がよかった
と

坂をのぼると
松前の城で
桜の名木がたくさんあって
そのはずれには
アイヌ耳塚がある

寛文九年　浦河地方のアイヌが反
乱をおこし　松前藩が討伐したが
その時の反乱酋長十四人の耳を持
ち帰りこの地に埋めたという

日が暮れて
にわかに雨さえ降って
人はいない

アイヌの切りとられた耳たちは
こんなとき
何を聞くか

鰯と鮪

駒ヶ岳からかけおりて
そのまま海へ
ざんぶざんぶとはいってしまう
といった感じの
砂原という町で
坂本漁業の小さな漁船に乗り
噴火湾の定置網を
二隻の船でひっぱりひっぱり
ついに
鰯をたらふく船倉に
ひっぱり込む

そんななかに
鮪が一匹まぎれ込み
小さな漁船は
俄然　修羅場
尾から吊りあげて
ハンマーで頭をなぐり
ナイフで
大きな鰓をえぐりとり海に捨てる
船内は血のいろどり
銀鱗の鰯も
真っ赤
鮪の尾の近くに
あざやかな黄色い棘のようなものが
一列に並ぶ
とみているうちに
何ばいも何ばいも
バケツに海の水を汲んでは
鮪と鰯と船そのものを洗い流し
血の色も匂いもなくなる

鰯は八戸で飼料となり豚が喰い
鮪は東京で刺身となり
赤坂あたりの料亭で
これまた
てらてらの豚が喰う

士幌農協コバルト照射センター

コバルト照射センターの二階から
特殊ガラスの窓をのぞくと
馬鈴薯が多数のケースにつめこめられて
コバルトの周囲をゆっくり一周している
一周すれば
次は反対方向にまた一周
それで　完了
馬鈴薯の発芽防止にコバルト照射を許可している国は
ベルギー　ブルガリア　カナダ　フランスなど一九ヶ国

その中に日本も含まれている

生殖をやめさせられて
いつまでも新鮮さを保たされた馬鈴薯が
士幌コバルト照射センター入口に
照射しないで
しなびてしまった馬鈴薯と
比較並置されて展示されている

諸君
この意義に異議はないのか

コバルト照射で
生命ながらえている人間もいるし　な

摩周湖

ぐんとおち込んだ旧火口
世界第一の透明度をもつこの水は
クライマックスの神の横顔である

晴れた今日
カムイヌプリの投影が
斜めに重なると
流れ出る川もない
海抜三五一メールの水面を

全裸になったおれは
すいすいと水すましのように
ほくろのような島に向って
泳ぎはじめる

（『旅ゆけば北海道』一九八六年潮流出版社刊）

詩集〈旅ゆけば沖縄島〉から

浜田海底電線中継所で

浜田海底電線中継所のタワーに登る
扉は鍵で開けるのではない
スパナでだ
北西の風強く
日本海に船影無し
地下室には
朝鮮とつなぐ直通電話がある
もしもし　金芝河は釈放ですか？
こちら
小晴れのち右寄りの風と曇りと……

出雲玉作跡

苦界に身を沈めるというのは
女のことかと思っていたら
どうしてどうして
いまの男たち
みな
あわれにも苦界に身を沈めているではないか

男というものは
おめでたいから
それが苦界だということも知らずに
おだてられて
身を沈めっぱなしで
心身ともに消耗してはてる

おろかなものよ
と
独り言をいいながら

坂をのぼると
出雲玉作跡だ

なだらかな傾斜に
復元された古代の家
古代というやつは
きっとグーだったにちがいない　と
手をひろげて
深呼吸をしようとすると
家のなかから
古代の男が出てきて
ここは苦界だ
いくら玉を作っても
玉はあいつらのもので
汗だけがおれたちのものにすぎない
と
独り言をいう

千年たっても
千粁はなれても
苦界から逃げられないあわれな男たち

数時間後には
指定された
松江発13時17分・特急やくも10号の「4号車4番A席」
に　おしこめられて
岡山で新幹線に乗り継ぎ
見事！　苦界にひきもどされる

鳥取砂丘

バスをおりて
吹雪の中をあるいてきたのは
おれ　ひとりだけだ

氷河のような坂道を通り
砂丘に着くと

大きく横たわる砂の上に雪がいま積りつつある

雪を蹴れば
砂丘はまだ褐色の肌をあらわす

荒れ狂う海を見んものと
砂丘を登り
立てば
吹きまくる吹雪
吹きまくる〈風速〉なるもの

いまだかつて　おれは
こんなに強い〈風速〉を体験したことがない

とっとりで吹きとばされ！

血管は収縮し
意識は失踪する

本籍住所氏名不詳
推定年令三十五歳から五十歳
男子
身長一六〇センチメートル位
眼鏡（ローデンストック）
腕時計（シチズン）
ブルーのコート
ホームスパンの上着にMのイニシャル入り
グレイのズボン
黒靴
所持金なし
なお
高田馬場駅一九八〇年一一月二二日発売の
日本国有鉄道　松江・大社　周遊券
東京都区内行　を持つ

おっとり刀のように
三段式旅行用洋傘をさして
だが　それはすぐ骨がさかさまになり

それでも
吹雪のなか
あこがれの
行旅死亡人のように
おれは倒れる

沖縄南部戦跡

追いつめられて
はては
崖からとびこむ

あたりまえといえばあたりまえ
事件もののテレビドラマでは
よくある

だが事実となると
これは大変

まして戦争で
まして中学生が女学生が
追いつめられて
崖からとびこむ
となると
これはまさに大変だ

東京で空襲のあった日
沖縄では
空襲のほかに艦砲射撃があった
地上戦があった

その戦場の真只中を
戦わされて
殺されて
あるいは　崖からとびこむことを強いられた
沖縄の中学生女学生の多数の死

今日

私たちにそれを語りかけるものは
洞穴と崖だけだ

一九八五年三月二五日
四十年経った　いま
やっと
その洞穴と崖をみた
なごやかに晴れわたった
観光まみれの累々たる享楽の群れの中から
声をひそめて探し出した
戦争のはらわた

蛆虫
腐臭

それから
すべてを消し去るように
美しすぎる南の海

追いつめられた
私は
洞穴からも崖からもはなれて
一目散に走り廻る
四十年の重さをひきずりながら
ひたすらに　走り廻る

（『旅ゆけば沖縄島』一九八七年潮流出版社刊）

詩集〈遠イイ戦争〉から

僕の村は戦場だった

少年でも戦うことがある
そこが戦場だからだ

父は戦死
母も妹もナチに殺された
少年イワン

アンドレイ・タルコフスキーによれば
イワンの回想の中の
りんごを積んだトラックの上に
妹と二人でいる
その長いショットは
フォトジニーにあふれていた

平和の美しさ
平和が宝のようなものだってことは
戦争の真只中で回想するときにだけ
まさに実在するものなのだ

イワンがナチに処刑されたことを
ソビエト軍の大尉が知った
そのとき
同時に私たちもその死を知った

戦争は幼児も胎児も殺す
僕の住む都市も戦場だった
その空襲の高射砲弾片をとり出して
みずからの骨片ではないことを
いまたしかめている

満州事変勃発の日

〈今日は満州事変が勃発した日だ〉
と　いってみた

一九八一年九月一八日（金）晴
そこには　二十人の男女がいたが
誰も反応を示さない
〈五十年前だ！〉
と　叫んでみた
〈母親の胎内で砲声を感じた〉
と……
だが
誰も反応を示さない
〈生まれたときは上海事変〉
〈小学生のとき支那事変から大東亜戦争〉

えい！
〈教練だ！　動員だ！　空襲だ！　疎開だ！〉
と　続けても
まったく反応なし
いま話題の新郵便年金の掛金のほうが重要なのだ

＊

秋晴や戦争バイバイ老い近し

紙に包んで捨てましょう

ガムをそのまま吐き捨てたものが
街に氾濫して
困ったことがあった

ガムのメーカーは
噛んだガムはこの紙に包んで捨てましょう
と　包装紙に印刷した
すると

たちまち　街からガムをそのまま吐き捨てたものが消えた

そこで

ドッグフードには
犬の糞はこの紙に包んで捨てましょう
煙草には
吐いた煙はこの紙に包んで捨てましょう
核兵器には
使わずにこの紙に包んで捨てましょう
軍隊は
まるまるこの紙に包んで捨てましょう

と　みんな　包装紙に印刷しよう

（『遠イイ戦争』一九八八年潮流出版社刊）

詩集〈月のない砂漠〉から

ふんだん　ア・ラ・カルト88（10・26）

長屋王「夏でもふんだんに氷を使う」（88・10・26　東京新聞）
と　昔の親王の豪華な搾取生活が面白く報じられた
そのとなりに　天皇「輸血６００ＣＣ」

それが
昨日　今日　明日　明後日……
すなわち　天皇ふんだんに血をつかう

死ぬ　ア・ラ・カルト89（1・7）

医学の進歩と無責任の徳（得）を
誇示しつつ

変なアクセントが
いま　消えんとす

元号はいらない　ア・ラ・カルト89（1・7）

ヒト死んで
ヘイヘイ
元号変えるな
そもそも
元号なんて無用の長物
この際　いっそのこと
無くしてしまえ
セイセイ　セイセイ！

葬式　ア・ラ・カルト89（2・24）

国威発揚の
復古調の
ショウ
哀悼の〈極み〉とばかりに
しずしず　はこぶ
さてもさても
ずしずし　重い棺と
ずしずし　重い戦争のいたみ

ふるさと創生　ア・ラ・カルト89

殿ッ
恩賜の一億円で
アレ買っていいでしょうか？
ソウセイ！
コレかっていいでしょうか？
ソウセイ！

消費税スタート　ア・ラ・カルト89（4・1）

やれ　間接税
やれ　売上税
やれ　消費税
と
手をかえ名をかえ
民衆をバカにし騙し　強引に
お家芸の単純採決で
してやったりの　消費税
まず3パーセントでスタート

リクルート問題打ち切り　ア・ラ・カルト89（5・29）

利　狂うと
儲けの濃い株券貰って
首　クルクルッ　と
知らぬ振りの
舌先　クルクルッ　と
――テキホウ　テキホウ
さえずる
長期独裁金権政権・腐敗の　利　狂うトリ

天安門　ア・ラ・カルト89（6・4）

戦車を持ち込んで
ドンドン　パチパチ　ドンパチパチ
曰ク
――天　安ンジテ　人ヲ殺ス
天　はいつまでも
血に染まり不気味に恐ろしい

ひばり　逝く　ア・ラ・カルト89（6・24）

美人じゃないけど唄は天才
野暮なキンキラキンが好きな
大衆の女王
タクシー代のかわりに唄った話は
ウソでも面白い
悲しき口笛リンゴ追分港町十三番地
ファンでなくても口ずさむ
安っぽい芸名を大看板にした
ひばり　逝く

マドンナ旋風　ア・ラ・カルト89（7・2）

マー　どんな？
風の吹きまわしか
長期独裁政権にあきあきした
民衆のアジなはからい
野党・社会党に
マー　どんな
春風　吹くか？

伊東沖海底火山爆発　ア・ラ・カルト89（7・13）

伊東湯の町　恋の町
と唄うけど
地震の町でもあったとは
あの手石島がテレビに出ずっぱりで
有名になってしまった
あの海が爆発するとは
科学的にあたりまえでも
やっぱり
不思議不思議

世襲　ア・ラ・カルト89（7・23）

ハシモト・ナカヤマ・オザワ……
ちやほやするな
政界の世襲は極めてよくない
まるで殿様
選挙民よ恥を知れ
世襲　世襲　と選挙を進ますな

ウ！　ア・ラ・カルト89（8・8）

ガイム大臣まではよかったのに
ソーリ大臣にまで
なっちまったので
タタリじゃ
タタリじゃ
女のタタリじゃ
ウ？
名前も憶えないうちに
さっさと退陣
ウ！

ベルリンの壁　ア・ラ・カルト89（11・10）

戦後しばらくして
鉄のカーテンという言葉ができた
それから　しばらくすると
カーテンを壁にした
壁は分裂と冷戦のシンボルである
壁を超えようとして
射殺された者も
たくさんいる
一九八九年一一月一〇日
世界が見守るなかで
その壁が破壊された
突然のように

分裂と冷戦のシンボルが破壊された
二十八年目だという
壁の一片を手に持ったキャスターは
テレビで　それを示しつつ報じた
東独の民衆は西ベルリンでショッピング
一番売れたのは
新聞だ！

処刑　ア・ラ・カルト89（12・26）

ルーマニアで
チャウシェスク大統領が
素早く
処刑された
民衆の怒りが
彼には
分からなかった

民衆はいつでも跪いて
群がっているのだと思っていた
つまり
気がついたのが
ちょっと遅い

夫妻の死体は
テレビによって晒された

急展開とはまさにこのこと
独裁者が独りいや二人いま減ったところだ

嘉手納変な月

北海道の鶴居村では　車をおりると柵があって
自然に飛んできた鶴の群れをみることができる
そこで「鶴居村夕月」という詩を作った

沖縄の嘉手納では
車をおりると柵があって
不自然に飛んできた変な軍用機の群れをみることができ
る
そこで
今宵はまた気分あらたに
「嘉手納変な月」という詩を作るか？

月のない砂漠

砂漠で戦争が始まった
予告は大々的であったが
それにもまして
アメリカの新兵器は大向こうを唸らせた
ブッシュはプッシュし
フセインは伏せたまま
アラブの人々は殺され
建物は破壊され
油は焼かれる
それは
夜
月のない砂漠であった
人々はらくだの背の瘤のように
愚かな「戦」と「争」を
背負って
ドカンドカンと
行くのであった

焔のように燃えている

小熊秀雄は一九四〇年晩秋に逝った
日中戦争たけなわのその年の
尋常小学校三年生の二学期に
私は初めて詩を書いた
赤い花の詩だ

すなわち
小熊秀雄の没後五〇年は
私の詩作五〇年にあたる

焔のように赤い花を初めて書いたその頃
戦争は太平洋戦争に拡大し
やがて破れた

それから朝鮮戦争
それからベトナム戦争
それからイラン・イラク戦争
そしていまは
そのイラクがクエートを攻略した

戦火の焔は絶え間ないが
私の詩の焔もまだまだ絶えることがない

この秋
私は詩作五〇年を期して
赤い花を小さな門の両脇のプランターに植えた

赤い花は
焔のように燃えている
小熊秀雄の〈焔〉がいま在れば
燃えているように

いま
赤い花は燃えている
焔のように燃えている

＊小熊秀雄の夭逝した長男の名は〈焔〉であった。

地球サミット　ア・ラ・カルト92（6・14）

初めての地球サミットは
一八三カ国が参加して
リオデジャネイロで開催された

が
宮沢首相はこれをオミット
ビデオデイイジャロ
が
これは
主催者側がオミットした

ＰＫＯ（国連平和維持活動）協力法成立 1

ア・ラ・カルト92（6・15）

ペテン　コンチクショウ　オキヤガレ

そんなに
平和のために戦争がしたいなら
憲法を変えてやれ
海外派兵の突破口ＰＫＯ協力法成立は
所詮
――ＰＥＡＣＥ　ＫＮＯＣＫ　ＯＵＴ！
にほかならない

ＰＫＯ（国連平和維持活動）協力法成立 2

ア・ラ・カルト92（6・15）

若者よよく聞けよ
自民党にゃ惚れるなよ
ラッパ吹かれりゃよ
　軍隊行きだよ
という替え歌があったが
今後は末尾一行を
〈国連平和維持活動行きだよ〉に替えたい
がこれでは長すぎるので
〈戦場行きだよ〉もしくは〈戦死戦死だよ〉に替える

不鎮魂歌

戦争とともに生まれ
戦争とともに育ったが
幸い一人も殺すことなく
一編の戦争協力詩を書くこともないうちに
戦争が消えてしまった
しかし戦争拒否症はいまなお続き
いつまた戦争に巻き込まれるかという不安は
いまなお続く

戦争の対極に平和があるのだが
何故か戦争は平和のためにやるもので
あの戦争も　東洋平和のため
　　　　　　世界平和のため
という戦争（聖戦）であった

戦後この国は
不思議に〈平和〉で不思議に〈豊か〉であるが
戦後とは
なによりも自由であるということだ
詩を書く自由も当然だ
そこにまた不思議がある
戦争期に戦争協力詩を書き
戦後はそのまま戦後の詩を書く

君　筆を折れ

と言いたいところだが
戦争と平和をどう生きたか
おのれの詩をどう生かしたか
自問し
自答することだ
そのまま死んで逃げ切れるものではない

反歌

戦争のときに戦争協力の詩を書き

平和のとき平和の詩を書く
何事の不思議なけれど

（『月のない砂漠』一九九二年潮流出版社刊）

詩集〈遥かな雲たち〉から

対抗背中ビンタ（旧制中学校1年）

全員校庭に集合ぅ

これより対抗背中ビンタを行う
前列廻れ右ィ　上半身裸体
眼鏡を取れ
歯を食いしばれ
用意　始め
で
バシッ　バシッ！

なんだ
お姫様の尻を撫でているんじゃないぞ
で
バシッ　バシッ！

背中紅潮し毛穴開きやがて紫色に腫れてくる

ところで　おれたち
いったい何で殴り合いをしなけりゃならないんだい？

死臭（旧制中学校1年）

空襲になると
裏の原っぱに
老兵がたくさんの馬を連れて避難してくる
そこは赤松の木が数本立ち富士山が良く見えるところだ
ある日
空襲になっても
老兵も馬もこなかった
翌日
原っぱの向こうの焼け跡に
馬が等間隔に並んで死んでいた
腹を膨らませて
四肢を天に向けて
膝関節以下を炭化させて
死臭を風に乗せて——

一九四五年八月一五日（旧制中学校2年）

何故か動員は休みで
朝からラジオは天皇の玉音放送があるから
国民一同謹んで拝聴するように
とくりかえす

浅間山が見え千曲川の流れがきこえる
紺屋兼養蚕兼業農家の六畳間で
正午
数人がラジオを聴く
と
奇妙奇天烈な抑揚の

玉音なるものが微かにかすれかすれにきこえて
要するに
戦争は負けだ
咄嗟に　ちょっぴり残念だが
もう天皇のために死ななくてもいい
灯火管制はやらなくてもいい
海軍飛行場建設作業も終わりだ
と思った
みんなほっとして
勿論　泣く者など一人もいない

自由（新制高等学校2年）

シンセイ高校は
自由の象徴だ
天皇制絶対反対
天皇制絶対護持
ともに
腕組んで
星の流れに　歌っている

髪型も自由
男子のリーゼント　女子のパーマネント
なんでもござれ

喫煙も自由
と小林主事はおれたちの交渉に応じた
予科練帰りや長期浪人が多いので
やむをえない
但し授業時間中は禁煙
なるべく職員室で吸うこと
ハッピー三本！
駅の売店でバラ売りを買い
登校する生徒たち

（『遥かな雲たち――軍国少年からの平和』一九九三年潮流出版社刊）

詩集〈鳩のシャワー〉から

鳩のシャワー

珍しく朝早く起きて窓を開けた
雨が降っていて
電線に鳩が二羽とまっていた
雨は土砂降り
せめて軒下で雨宿りすればいいのに
水臭い鳩たちだ
と思って
土砂降りのなかの二羽の鳩をよく見ると
鳩は片方の羽を伸ばして
内側を強い雨に当てては
嘴でその羽をつついたりしている
要するに
鳩はシャワーを楽しんでいたのだ
悠々と
早朝の土砂降りの電線の上で
ホークランドの紛争も
ベルサイユ・サミットも
ちいせえちいせえ
とばかりに
シャワーを楽しんでいたのだ

この木を小熊秀雄と思えば

一月三一日に死んだツ子（ね）コ夫人の骨を納めるので
小熊秀雄の墓の蓋をあけたら
なかに骨壺はなくて
かわりに一本
若木がひょろひょろと伸びていた
いいじゃないか
この木を小熊秀雄と思えば

多磨霊園二四区六八側三二番

といっても判らなければ
西門から入ってすぐ左に曲がって
二、三メートルのところ

詩人たちが集まって落ち葉を払い
去年作ったばかりの
和洋折衷の洒落た墓に
ビニール袋で運んだ水をかける

あとで
ずらりと並んだ詩人たちの写真を見るとと
まるで
こちら側に
喋りまくる小熊秀雄が立ってるかのように
彼の声が聞こえてくるのであった

山へ柴刈りに

生まれてから二〇年は
親の庇護のもとにのんびり
そのあとは
自分で勝手にのんびり

のんびりは独りで少し喰うだけにはいいが
人数が増えていくと具合が悪くなる

いつのまにか尻叩かれて
あわれにも哀しき五十代
そろそろ楢山節と
決め込みたいところだが
そのまえに
ちょっと　ひと働き
山へ　柴刈りにいってこいだと
嫌だねえ
山へ　柴刈りなんて

川へ　洗濯も嫌だけど

達磨山　喧嘩なし

戦後まもなく
新観光地百選・山の部第一位に選ばれた達磨山へ
初めての納涼バスが修善寺から出発した
頂上でビールを飲んでいるうちにバスが出てしまい
平謝りのバス会社はよその団体バスに便乗できるように
　した

ところがその団体にも酔っぱらいがいて
〈乗せねえ〉
〈乗ってやるもんか〉
ということになり
バス会社はさらに平謝り
〈ロッジに一泊して明日ゆっくりお帰りを〉
というのを振り切り
修善寺に電話をかけさせて
タクシーを呼んで
カッコよく帰った

カッコいいことは今も昔も高くつく
あのときは学生だったしねえ

一九八四年八月一七日（金）晴
一家四人
伊豆の山々から三津・淡島を見渡すも富士は見えず

達磨山　喧嘩なし

（『鳩のシャワー』一九九六年潮流出版社刊）

詩集〈振りかえる象〉から

花風と海

淀橋浄水場があった頃
新宿西口徒歩二分の
花風で
チャンプル　ミミガー　ラフテー
それに泡盛
口角　泡を飛ばして
何故か七〇円という値段を憶えている
それが私の沖縄だった
詩人だらけの沖縄だった

やがて
ほんものの沖縄に行ったとき
コレアンステーキハウスで
でっかい焼肉
それにオリオンビール
口角　泡を飛ばさず
何故か値段はさっぱり忘れて
詩人たちには会わず
翌日
死人たちに会うために
南へ向かった
そして
林立するモニュメントを視野から外して
ひたすら海を見ていた

＊いまでは淀橋浄水場跡に副都心とかで高層ビルが林立している。
＊花風は沖縄料理屋。野間宏、安部公房、大島渚、関根弘、長谷川龍生、三木卓、高良留美子、城侑ら多数の作家・詩人たちが口角泡を飛ばしていた。

アイヌとかいても

日本とかくことには
いつもかなりの抵抗を感じる
かつての大日本帝国につながる
国家というものに抵抗があるからだ
アイヌとかいても
国家を感じないでいい
大アイヌ帝国の侵略などという
珍妙なイメージもない
シャクシャイン
コシャマイン
みずからを抵抗の真っ只中に置く
たくましさ素早さ美しさ
そして
深い深い悲しさ
北の島の森林と河川に
夢見るのは
国家のない時代の朝の光

ピリカメノコの輝く瞳
ユーカラの語る
抵抗の歌
すっかり遠ざかってしまった
〈カクメイ〉の歌

奥尻島の夏

ある年の夏　江差からフェリーで島へ渡った　奥尻地区では漁港に集められたいかの群れ　家々に迫る観音山の傾斜　子供が泳いでいる鍋つる岩　青苗地区では海の延長のように平らに続く家並　小型機の牧歌的離着陸　稲穂地区では家の前に立ち並ぶ防風柱　賽の河原に積まれた丸い石たち

その島が
一九九三年夏
とつぜん

揺れ動き海に呑まれ燃え二百人を越える生命が瞬時に絶たれた
テレビは先ず燃える島の夜をそして――
明ければ荒れ果てた各地区の赤裸々の惨状が連綿として写し出され
生き残った被害者たちの声が人々に向かって放たれた

島の海域千米の海底岩盤の一部をボーリングした直径五糎長さ十二糎　重さ六百瓦の円柱状の岩塊
いま机の上に在る
その重さを手にして
海と島と人の在り方について考える

その夏の記憶は
誰の胸にも　いつまでも厳然と生き続ける
そして海と島と人は共存し続けるだろう
すべて　その六百瓦の重さのように――

（『振りかえる象』一九九七年潮流出版社刊）

詩集〈トンボと兵隊〉から

天皇誕生祝賀レセプション

一九九六年一二月一六日
ペルー・リマの日本大使館公邸では
繰上げの
天皇誕生祝賀レセプションを開催
数百人が礼装して
バンザイを三唱したに違いない
それがそっくり
ゲリラの人質になってしまったのである
なにしろ
数百人だから
いわば大入り満員で
みんな居場所がない
水がない
トイレが臭い汚い

いろいろ盛り沢山に不平不満があるだろうが
まあ天皇へイカの御ん為だし
生きて戻れてよかった
と
人質から解放された人々は声をそろえて云う
なにしろ人質は団体様でお泊まりだから
ゲリラ側でも大変なのだ
そこでけちけちしないでみな解放して
人質は日本の大使だけにしてゆっくり話し合えば？
ところで
ワシントンでもロンドンでもパリでも
どこでもかしこでも
毎年
天皇誕生祝賀レセプションが開催されて
盛会を極めているんだろうか

まだまだ青春

生まれたときは軍国主義の最中で
満州事変・上海事変に騒然としていた
幼い日のある夜二・二六事件の雪が降った
尋常小学校入学の前年に支那事変
事変とは宣戦布告しない戦争だ
初めて詩を書いた年に
日独伊三国同盟が結ばれ
国民学校初等科四年のとき
宣戦布告
いわゆる大東亜戦争が
ハワイ奇襲から始まった
米英の東亜侵略百年の野望を覆すべく
天皇軍の東亜侵略が拡大されていくことになった
旧制中学一年第二小隊第六分隊
その第二学期から
Ｂ29やグラマンＦ６Ｆによる東京空襲が続き
焼かれ

逃げ
疎開先で海軍飛行場建設作業に狩り出され
八月一五日敗戦
民主主義がジャズとムービーを連れて
やってきて
アプレと青春とが重なるとき
朝鮮戦争
スターリンの傭兵にはならない
トルーマンの傭兵にはならない
学生たちは叫びスクラムを組み
詩誌を出し詩集を出し
安保があって
樺美智子が殺されて
フランス式デモが銀座通りで両手を拡げれば
関根弘がいて菅原克己がいて富岡多恵子がいて
池田満寿夫が小さなプラカードを作り
寺山修司がトイレに駆け込んで
やがてベトナム戦争
北爆開始枯葉作戦

遠くて長いイラン・イラク戦争
ブッシュとフセインの砂漠と油の戦争は
テレビで実況放送
その後
うつらうつらと世紀末の六〇代
夏も秋も飛び越えて突然の冬を待つのだが
まだまだ青春のつもりで
聞き上手の若い女性を相手に
戦争まじりの「詩と青春」を語る

原始女性は太陽

原始女性は太陽であったが
太陽でいることは大変だと気がついて
男と交替した

それからの男は
働け働け

のくりかえし
政治家も官僚も社長も司令官も学長も
みんな男で
働け働け
のくりかえし

でも最近は女性が太陽を引き受けそうな勢い
なので
この辺で
交替して
男が主夫をやり
炊事洗濯掃除買物育児昼寝テレビお喋り
万葉講座でも水泳でも
みなこなせ

いまや女性は太陽
働け働け
のくりかえし

といった具合に
半世紀毎にでも交替したら?

ダイアナ死

一九九七年八月三一日午前一時まえに
ダイアナ(36)の乗ったメルセデス・ベンツは
パリ中心部のセーヌ川沿いの道路のトンネル内で
時速一九六キロの速度のまま
センターライン上のコンクリート柱に激突
エジプト人の富豪ドディ・アルファイド(41)と
運転していたリッツの警備担当者アンリ・ポールは即死
ダイアナは胸部受傷により大量出血し
ピチエ・サルペトリエール病院集中治療室で心拍停止
心臓マッサージを二時間にわたり繰り返したが及ばず
午前四時ごろ死亡
遺体は午後七時に英空軍機でロンドン近郊の軍用飛行場
へ

パリ検察庁によれば運転者の血液アルコール濃度は
血液一リットルあたり一・七五グラム
つまり多量飲酒高速度運転ということになる

奇妙に勝手気儘で跳ねっ返りのじゃじゃ馬ぶりが面白く
何事にもトライ・トライの人生は
英王室をちょっぴり揺すぶったが

これで　おしまい
はい　さようなら

ここにおいて
次なる関心事は
助手席で重傷を受けた
ボディガードのトレバー・リースジョーンズの生死に移
　った

＊私見によればボディガードほど割りの合わない職業はない。

衣

寒くなければ
衣は
トランクス　褌のようなもの
二、三枚あればいい
椰子の木陰で
テクテク
踊ったりして
毎日
洗っては干し洗っては干し
ファッションなんて糞食らえだ

寒くなったら
衣は
風呂敷き　敷布　毛布のようなもの

二、三枚あればいい
穴あけて
首を出して
あたりを見まわしながら
しゃなりしゃなりと歩きまわればいい

そのうちに
暑ければ毛が抜けて
寒くなれば毛が生えてくるように
——なるさ

（『トンボと兵隊』一九九八年潮流出版社刊）

詩集〈方丈記を探す〉から

ミッキー・カーチス

ミッキー・カーチスが
戦後　上海から日本へ引き揚げてきて
汽車の窓から
日本の農村風景を初めて見たとき
日本には
中国人が沢山いるな
と思った
田や畑で働く農民たちを見て
中国人だと思ったのである
何故って
中国では日本人はやたら威張っているだけで
田や畑で働く姿など見たことがない
働くのは　みな
中国人だったからだ

二〇世紀に目覚めれば

目覚めれば〈20世紀〉という
恰好のよさはなくって
おぎゃあと生まれたその年は
勇ましくて華やかなのは天皇と軍隊だけ
皇紀二五九二年？
裕仁という天皇を讃える年号の七年
皇軍が上海で中国人を殺戮していた年
そんな渦巻きのなかの
西暦一九三二年

どこまで続く　泥濘（ぬかるみ）ぞ
三日二夜を　食もなく
雨降りしきる　鉄兜

関東軍の陸軍少佐の作詞に藤原義江が作曲して歌った
おきまりの勇ましさがなく戦争の実態を予想させる〈討（とう）匪行（ひこう）〉
匪とはここでは匪賊ではない中国兵そのもの
そういえば
事変とは宣戦布告なき戦い
聖戦とは俘虜の首を軍刀で切り飛ばす戦い
首が前にすっ飛ぶ瞬間を捉えた武勇の記念写真
それを誇らしく故国に送る異常な時代
知らず
嬰児は笑っては泣き笑っては泣き
その網膜にはチャップリンやテンプルちゃんが映ってい
た
アイスクリームやシュークリームがあった
にもかかわらず
たしかに括弧つきの〈20世紀〉の目覚めは
泥濘と空腹と鉄兜のなかにあった

二〇世紀の孤独

空襲の連続で睡眠不足の夜

一三歳で焼死か
うまくいっても本土決戦で戦死かなと思っていた
富士の見える二階の八畳の窓から空襲で燃える赤い空を
　眺めた私は
なんとなく家族から離れて孤独だった
敗戦後一七歳まで家族と同居していたが
家族団欒ということはない時代
といって崩壊していたわけではない
ほら
文学少年というやつ
〈将棋の駒を転がして寒いと呟く独りだけの夜〉
ニヒルとかアナーキーとか
レジスタンスとかにあこがれて詩のようなものをかき
二二歳でやっと親の仕送りを離れ
単身自立して孤軍奮闘のつもり
途中
家族らしきものがあったかと思ったが
それは全くの幻想のかたちにすぎず
孤独であることは遂にかわらず

詩をかくってそんなものさ
少年のままさ
世紀末
富士の見えない二階の八畳の窓から黒い空を眺める私は
詩も死も孤独そのものさと
満足の笑い呵々……

ヒトラーの弾痕

ヒトラーといえば
映画チャップリンの殺人狂時代の
痛烈な風刺を思い出す
その頃は戦争期で
日独伊三国同盟ムードが漂っていた
そしてヒトラーは少年たちにとっても英雄であった
入るヒトラー！
出るヒトラー！
ユーゲントのつもりで教室に入ったり出たりしたもんだ

一九四五年五月ベルリンで敗戦寸前にヒトラーは自殺し
たというのだが遺体は行方不明のままであった
二〇〇〇年四月二六日　ロシア連邦保安局はモスクワの
対独戦勝五五周年記念の展覧会でヒトラーの短銃自殺に
よる弾痕が残る頭蓋骨を公開した　あの五月五日ソ連軍
は地下壕の総統執務室などでヒトラーやエバ・ブラウン
らの遺体を収容し　その後マクデブルグのソ連基地内に
ゲッペルスらの遺体とともに埋葬　一九七〇年に同基地
を東独側に引き渡すことになったためブレジネフらの決
定で遺体を火葬　その遺骨の一部を保管していたという
のである
二〇世紀最大の凶悪といえばヒトラーをいれていい
それにしても戦争の責任をとって
さっさと自殺しちまったのがいいではないか
そのちょっと前に
ムッソリーニの遺体がミラノの街頭に晒されたのを写真
　で見たが
五五年後にヒトラーの頭蓋骨がモスクワの展覧会で
晒されている写真を見るとは思わなかった

短銃自殺による弾痕を大きく示している写真が
彼のものであるとすれば
ヒトラーの弾痕は
殺人狂のマインカンプの果ての憂鬱ではないかと
沈痛な狂笑を秘めたその写真に
問いかけてみたい

（『方丈記を探す』二〇〇〇年潮流出版社刊）

詩集〈轟沈とゴルフ〉から

行きます

三國一朗が死去してすぐ
天声人語に追悼的な文章が載った
彼の著書『戦中用語集』に触れて
〈行ってまいります〉という
用語が
戦中には
戦争に行ってまいります
という意味に使われていたと
感動して
その短い文章のなかに
〈行ってまいります〉が七箇所ぐらいに出ていた
というような記憶がある
それはそれでいいのだが
ちょっと気になるので

書いてみると
一九四四年四月三日神武天皇祭の日に
旧制中学校に入学したぴかぴかの一年生は
国防色の戦闘帽・制服・ゲートルに白い学生鞄で
生地はスフ入り　校章は布製　釦は陶製　靴は鮫皮
〈行きます〉と敬礼して登校することになった
〈中学生になるとそういうの?〉と母が笑顔で聞いてく
　れた
そこで得意になって答えたものだ
　男子たるもの戦時下いつ戦死するか分からない
　行ったまま死んで帰れないことがある
　行きますとしかいえないではないか
常在戦場という考え方だろう
〈行ってまいります〉は女々しい言葉として
禁じられていた
以後
その単刀直入にして簡略な口調にひかれて
〈行きます〉を使い続けている

時宗

時宗とは久しぶりだな
一九四四年のある日

敷島の大和心をひと問わば
蒙古の使い斬りし時宗

という歌を聞いて
スゲー勢いだなとはっきり印象に残った
当時の大和心にまさにぴたり
旧制中学一年生の私は
蒙古よ
攻めてきたいならいつでもこい
という気迫にうたれた
本居宣長の
〈朝日に匂う山桜〉よりもぐんと激しい
ところで
この歌の作者は誰なんだろう

その後友人たちに聞いても誰も知らない
誰から聞いたのかも忘れてしまった
もしかしたら
東湖か松陰か
あるいは私に聞かせてくれた誰かなのか?
まあいいや
時宗のときは神風が吹いたが
その後神風は吹いていない
神風特別攻撃隊敷島隊ではだめなんだ
新世紀と時宗
奇妙な組み合わせではある

＊NHK連続ドラマ「時宗」は二〇〇一・一・七に始まる。

轟沈とゴルフ

一九四一年一二月八日（日本時間）
日本海軍は遅れた宣戦布告のまえに

真珠湾を航空隊と特殊潜航艇で急襲して顰蹙を買った
日本海軍死者九人は九軍神と呼ばれた
星移り年変わり
二〇〇一年二月一〇日（日本時間）
米国原子力潜水艦グリーンビル（６９２９トン）は
日本漁業実習船えひめ丸（４９５トン）に体当たりして
　顰蹙を買った
日本船死者九人には一七歳の実習生が五人含まれていた
グリーンビル艦内では民間人一六人を歓迎して
操舵室や音波装置室で操縦させていたという
体当たり後スコット・ワドル艦長は〈ジーザス〉と叫ん
　だ
大西尚生船長は〈なんてこった〉と思ったに違いない
轟沈というかあっというまに日本船は沈没するも
浮上した原潜はハッチを開け数人が見物するだけで救助
　活動なし
つまり〈日米安保の正体みたり〉というところだ
舞台は代わって
横浜の戸塚カントリー倶楽部では

総理大臣がプライベートのゴルフの真っ最中で
第一報が入っても（少しも慌てずぅ）
とは（なんてこった）
二時間余りの後やっとゴルフ場を出発して自宅経由での
官邸着は四時間余り後であった
それにしても
四千万円で知人購入のゴルフ倶楽部会員権を十数年前か
　ら自己名義で
無償で所有し占有し使用し続けたことがバレても〈問題
　なし〉とは
こりゃまた（なんてこった）
彼は本当に総理大臣かと問えば
無い格ソーリィ大臣だと皆が云っていた

死神

神を信じないし
興味もない

神は信じるものだけにあるものだから
私には縁がない
だが
死神には興味がある
落語じゃないが
瀕死の床に来て下座に座っているうちは
まだ死にそうにないが
上座に来て顔を覗き込んでいるとなると
危ない
なんてなんとなく判る気がする
リアリティがある
「天国への階段」とか
「賭はなされた」という映画によれば
常に私たちの周囲には死んだ者たちが
二重にも三重にも囲んでうろうろしていて
ときには私たちを突っついたりする
彼らは威張らず気さくで人懐っこい感じがする
あれって
死神なんじゃないかな

このあいだ転居して四人で住むつもりが
二人があちこちへ行ってしまい
屋内ががらんとすると
気のせいかあちこちで物音がしきりに鳴り始め
陽気な死神が悪戯しているように思えて
娯しくさえなる
年齢的にも
もう死神としか付き合うこともなかろう
なんて
彼らに話しかけてみたりする

（『轟沈とゴルフ』二〇〇一年潮流出版社刊）

強／弱

電気器具などで
強／弱の表示を見ることがあるだろう
人間の世界でも弱肉強食という言葉があるくらいに
強弱の存在ははっきりしている
動物では腕力というか体力というか
それにちょっとした知識と積み重ねた経験など
とにかくそのあたりで
強弱の差がはっきりするのだが
人間では
その存在もその差異も一筋縄ではいかない
無人島に漂流した数人の場合は
腕力の強い者が他の弱い者を殺してその肉を喰い
生まれて初めての満腹感を味わうということもあるだろ
うが
多くは数カ月も待たずに自らも果ててしまうことだろう
知識や経験の豊富なものがリーダーになって
小さな村を作ってのんびり暮らすもよく
小さな船を作って脱出するのもいい
しかし数千万人数十億人となると
国家だの権力だの貴種だの貧富だのと
その差はますます激しくなる
弱（じゃく）の強みはその膨大な数にあるのだが
残念ながら一致団結はなかなか難しい
そこで
一寸の虫にも五分の魂
蜂の一刺し
寸鉄人を殺す
などなど並べて見るんだがそれだけの話である

やや長きキス

「徹子の部屋」での

俳優の小野武彦の話を聞いていたら
彼の祖父が横浜に住んでいた頃
キス　オブ　ファイヤーが流行っていたので
それにヒントを得た短歌を作って
啄木が選者をしていた東京朝日の歌壇に投稿したところ
どういう手違いがあったのか
数日後の東京朝日に
啄木の歌としてのっていた

　やや長きキスを交して別れ来し
　深夜の街の
　遠き火事かな
（一九一〇・五・二六　東京朝日）

啄木の歌となれば
この歌は永久に残ると祖父は喜んで
その後
このことを何時までも自慢していた
というのだ

はてな
手違いか盗作か祖父のジョークか
今となっては真相不明だが
ちょっと面白い話ではある

偉そうなビルが二つ消えた

二〇〇一年九月一一日夜
テレビの推理ドラマを見ていると
臨時ニュースで
ニューヨークの世界貿易センター北棟に
航空機が衝突したと報じた
ドラマを見続けていると
臨時ニュースで
また一機が同じく南棟に衝突したと報じた
で
鈍感な私もこれはテロだと思った

ノースビル　八時四五分　アメリカン航空一一便突
入（一〇時二九分倒壊）
サウスビル　九時〇三分　ユナイテッド航空一七五
便突入（九時五〇分倒壊）
ペンタゴン　九時三九分　アメリカン航空七七便突
入
ペンシルベニア　一〇時一〇分　ユナイテッド航空九三
便墜落

驚いたことに
センターの二つのビルのほかに
周囲のビルまでが倒壊している
巨大資本の軍事大国アメリカの繁栄の象徴ともいうべき
ビルが僅かな時間に倒壊し消えてしまった
驚いたことに
ハイジャックされた四機とも乗員乗客皆殺し（計二六五
人）の
とんでもない特攻テロであった
それほどまで憎まれているアメリカの大統領ブッシュは
報復する／これは戦争だ　と叫んだ
親父ブッシュはイラクに宣戦布告したが
息子ブッシュは何処に宣戦布告するのか
親子二代の戦争好きには呆れるばかりだ

四二〇対一

米下院で一四日に
ブッシュ大統領に武力行使を認める決議がされたが
おっとどっこい
満場一致とはならなかった

四二〇対一

一は民主党の女性議員カリフォルニア州選出の
バーバラ・リー議員
彼女は
一九九八年四月に連邦下院議員

同年　イラク空爆に反対
翌年　コソボへの部隊派遣に反対
ブッシュが離脱宣言をして世界の顰蹙（ひんしゅく）を買った
地球温暖化の防止の京都議定書を支持
今年は平和省新設法案を提出
云わばアメリカの良心であり
その一票である
京都議定書離脱でブッシュの正体は見ている筈
その日本も世界も
クレージーな権力者を
支持する
支持する
と
ゴマする
アメリカから有り難い平和憲法を押しつけられた日本こ
　そ
反対の一票を投じるべき
見せ場だったのに

アフガン攻撃開始

二〇〇一年一〇月七日（現地時間）のテレビ演説で
ブッシュは米英軍の対アフガン攻撃開始を宣言
同日午後九時（日本時間八日一時半）
カブールとカンダハルを空爆した
眼には眼を歯には歯をと云えることあり
されどわれ汝らに告ぐ
というのを聞いたことがあるが
ブッシュはテロに対して戦争をもって報復するとし
それが脅しではないことを世界に示した
ブッシュには「されど」がなかった
報復に血迷う戦争だけがあった
それを
前世紀から引き続き
喜々としてそれに重ねていく
進歩のない二代目ブッシュに絶望した
瞬間である
世界第一の繁栄を誇るアメリカが

何故アフガンを当然のように平然と攻撃し殺戮するのか
ブッシュにはテロリストでないアフガンの住人を
ひとりも殺す権利はない
誤爆は許されない
たったひとりでも殺したら
ブッシュは殺人者
されど
報復も戦争も犯罪なのに
ブッシュを殺人犯として捉えることはないだろう
されど
ブッシュは数多くの人を殺すだろうな
汚名は残るだろうな

七〇

七〇と　いきなりきた
七〇とは何か?
七〇とは?
それは
実は
待ちに待った七〇だ
一〇・二〇・三〇・四〇・五〇…
六〇になってもまだ
七〇まで生きるのは難しいと
禁煙減塩を遵守し
両手両足もあまり使わず
両眼も両耳もあまり使わず
書くこと以外に頭脳を使わないで
やっとたどり着いた七〇だ
戸籍でたどるかぎり誰も七〇に達していない短命の家系で
遂に成し遂げた七〇だ
初めに戦争がありあとは平和まみれの七〇だ
ブッシュもビンラディンもまだ達していない七〇だ
新兵器やオイルをめぐる利権が
アフガン攻撃の真の理由ではないかと
安くなった海外電話でカリフォルニアの噂話を聴く七〇

だ
ブッシュは何人のアフガンの人々を殺したいのか
それだけが気にかかる七〇だ
七〇になると死神も頻繁に訪れることだろう
詩神と死神の区別が付かなくなったら
そろそろだ　と
八〇まで生きた知人を指折り数えて
八〇まで八〇までと
口ずさむ七〇だ

シャロンへの手紙

スピルバーグの映画「シンドラーのリスト」（93年）は
シンドラーが第二次大戦のときに助けた
ユダヤ人のリストがベースになって作られた
それを見て感動していると
第二次大戦のとき
リトアニア領事代理だった杉原千畝は
列を作るユダヤ人難民に連日査証を出しまくって
六〇〇〇人ともいわれるユダヤ人難民の生命を救ってい
た
ということが知られてきた
日本人でもやるときにはやるもんだと
私たちはそれを誇りにも思いたいのだが
外務省官僚たちは
その合法性に疑義ありとしてか
戦後
長いあいだその事実を隠していた
しかしいまはなしくずしにその事実が知られて
イスラエルでも顕彰されたし
日本にも資料館ができた
その故杉原千畝遺族妻幸子と
二男千暁が連名で
ヨルダン川西岸パレスチナ自治区で侵攻を続ける
イスラエルのシャロン首相に
撤退を要求する手紙を送った
と

報じられた
シェイブルソンの映画「巨大なる戦場」（66年）は
イスラエル建国を感動的に捉えていたが
その後のパレスチナとイスラエルは
戦争とテロの火薬庫のようになってしまってお手上げだ
せめてこの手紙が役立てばと
思うばかりだ

表現の自由な風

現行憲法のなかで最も親しみを感じる条文は
　第二一条　集会、結社及び言論、出版その他一切の表
　現の自由は、これを保証する。
だな
これがあるおかげで
戦後　民主主義と一緒に
詩だ評論だエッセイだと自由な表現に徹してきた
臆病な私にとって表現の自由が憲法で保証されているこ
　とは
なによりも有り難い
この頃は改憲の動きもあるらしいのが気がかりだが
試しに大日本帝国憲法を見てみると
　第二九条　日本臣民は法律ノ範囲内ニ於テ
　　言論著作印行集会及結社ノ自由ヲ有ス
とある
現行法との大きな違いは
国民ではなくて臣民（天皇の臣）であることと
〈法律の範囲内〉であること
この二つは物凄く恐ろしい意味を持つ文言であるのに
当時は誰も気がつかない如くであった
最近では
個人情報保護法案が国会に出されて取り沙汰されている
こういうのが〈法律ノ範囲内〉の意味する恐ろしさであ
る
ペンクラブでは〈懸念〉を表明
文芸家協会では〈賛成できない〉と報告・私見が出され
自民の個人情報保護法案に関する会合（02・5・8）で

は
〈城山三郎はぼけている〉という意見も飛び出たらしい
個人情報保護法なんて言葉を代えれば治安維持法みたい
なもので
城山三郎が繰り返す主張はそこにある
ぼけているのはどちらさんで？
まあ表現の自由な風はそちらさんにもあって揺れている
とはいうもののだ

（『アフガン不眠』二〇〇二年潮流出版社刊）

詩集〈イラク早朝〉から

啄木を入れれば完璧

八月一日に政府は
〇四年度に新紙幣発行を発表した
五〇〇〇円　樋口一葉
一〇〇〇円　野口英世
だが一〇〇〇〇円の福沢諭吉は変えないで
新紙幣発行の理由は
偽造防止と景気浮揚のため
では
諭吉留任の理由は
首相も財務相も慶應出身だからではなく
日銀が肖像制作の手間を省いたとか
〇四年に間に合わせたいとか
漏れ聞くのだがすっきりしない
新紙幣でというなら

なんで一枚だけ人物を変えないのか？
景気浮揚のために貧乏で有名な二人を選んだのは
痛烈な批評精神が感じられていい
とすれば
一〇〇〇〇円に啄木を入れれば完璧！
いまどき思想的偏(かたよ)りなんて
云いっこなしよ
山頭火　放哉なんていうのもいいな
そうすりゃ私の財布にも
少しは集まってくるかもしれない

空

空といっても
久しくそれをじっと眺める
ということをやったことがない
台風の眼のなかの青空は
ほっとすると同時に
信じられない奇跡のような気がする
そこで台風がくるたびに
その眼のなかの青空に期待するのだが
眼のなかに入る機会は少ない
たしかなことは台風一過の青空
一夜台風に襲われたあとの青空は格別なのだが
このあいだきた台風六号は大騒ぎのわりに
東京では大した風も吹かず大した雨も降らず
だったのだが翌朝はそれでも青空
青空もいいが入道雲もいい
きらきら白く光っているやつがいい
空を見ても
宇宙までは見ていない
空はいいけど
天は嫌だ
天まで上がるのは御免だ

旅順生まれ

新宿のナルシスのカウンターで
若き日の井上光晴が飲んでいた
隣の和服の女性が
〈井上っ〉と
言葉鋭く呼びかけるたびに
〈はい〉と礼儀正しく答えていた
さすがの井上も
佐多稲子には頭が上がらなかったというわけ
彼は
自筆年譜に〈中華人民共和国（当時満洲）旅順で生まれた〉
と書き
万有百科大辞典（小学館）にも
近代文学大事典（講談社）にも
現代人名情報事典（平凡社）にも
生地は〈旅順〉とあるが
それはウソで
本当は久留米市西町で生まれたというのだ
なるほど久留米より旅順のほうが数段恰好がいい
作風にも合っている
そういえば深尾須磨子が死んだとき
年齢を一〇歳若くしていたことが分かったという話を
聞いたことがある
生地　生年月日　学歴なんてものは
好きなものを選べばいいんだし
やたらに聞きたがるものでもないし

海原の……

疎開先の
長野県立岩村田中学校で
敗戦後まもなく
国歌のつもりで歌った新日本建設の歌
音楽の時間に習ったのか
ラヂオで聴いたのか

忘れてしまったが
そしていま
歌詞そのものも忘れかかっている
　海原の緑のなかに？
　永遠（とこしえ）の平和もとめて？
　新しき国生まれたり？
　若き力われら諸手（もろて）に？
　共に立つわが祖国？
もしかしたら
一番・二番の歌詞が入れ代わっていたり
他の歌の歌詞が混入しているかもしれない
それに
この歌の曲名も分からない
いやこの歌詞自体・曲自体を知っている人に
会ったことがない
念のために付け加えると
この歌のちょっとまえに学校で歌っていたのは
　命一つとかけがえに百人千人斬ってやる
　日本刀と銃剣の切れ味知れと敵陣深く
　今宵またゆく斬込隊（きりこみ）
などであって（これもその後に聴いたことがない）
今となってはどちらも
戦争と平和を探る材料として有効である

（『イラク早朝』二〇〇三年潮流出版社刊）

詩集〈出陣する唄〉から

校長の替え歌

さいたま市の小学校長が
四年生の児童のまえで替え歌をうたって
市教委から注意されたという
出張中の担任の代わりの授業中に教室内を静かにさせようと

ドは髑髏のド
レは霊柩車のレ
ミは木乃伊のミ
……
シは死人のシ

という具合の内容だそうだが校長が突然歌いだせば
たしかに静かになりそうでいいではないか
ところで
ファ・ソ・ラは何だろう
ソは葬式かい

雨

ほんとうは雨の日は嫌いだ
とくに外出するときが嫌いだ
疎開先では履物は草履だけだったので
雨の日は草履が水を吸って
ばかでかく膨らみ
重くなる
のが
たまらなく不愉快であった
いっそのこと
村人がみんな
雨のときははだしというのを
旅先で見たが
これはよかった
屋内では

藁の寝床が面白かった
馬もいたし
ある日
東京の雨に濡れて雨に唄えばと洒落たが
パンツも靴下も定期券もびっしょり
それでも雨に濡れた木の葉は美しい
そしてだ
一九四九年秋高校三年生のとき
上目黒八丁目の家の窓から
路上にはじける雨の
飛沫が街灯に照らされているのを眺めて
流れの旅路を口ずさんでいたのを
思い出しもする

出陣する唄

日本軍が
いよいよ出陣する
五六年ぶり
軍国主義愛国主義平和主義反戦主義ひっくるめて
懐かしさ嬉しさ悲しさ恐ろしさ
こみあげるばかり
陸海空一〇五〇人
派遣三八カ国中八番目の規模
　サマワ
サマワと
　人馬は進む
先遣隊（三〇人）の隊長は佐藤正久一佐で
イラク派遣部隊の指揮官は番匠幸一一佐だという
一佐とは旧軍の大佐だろうから
聯隊長相当で部下一〇〇〇人というところ
まあ
そんなところかと思うしかない
しかしこの出陣は日本のためというより
ブッシュ支援の策でしかないのだから
いざ　鎌倉なんてことはない
信じて

いいやら悪いやら
場所柄
酒は控えて給水というのがいいねえ
えっ飲みねえ
　　飲みねえ

（『出陣する唄』二〇〇四年潮流出版社刊）

詩集〈時代の船〉から

飛ぶ

彼はなんとなく他の俳優たちとは違っていた
彼が暴力事件を起こしたときにもやはり違っていた
ようするに暗くて不思議で奇妙でかなしい影がある
その彼が
六月六日午後
自宅マンション九階から飛び降りたという
家人は過って落ちたというのだが
彼が倒れていたのは
マンションの外壁から約九メートル離れたフェンスのそば
フェンスの金網が破れてそこに当って跳ね返り
芝生に落ちたらしい
しかしなんていったって私は彼が飛んだと信じている
室内で思いっきり助走して空中に

飛んだと信じている

骨はイヤ

昨年（二〇〇三年）の新聞で
遺骨の粉末についての記事が出ていたが
今年またその続報のようなものが出ていた
　骨はイヤ　灰になりたい
　焼いた後　有料で粉砕
　炉は八〇〇度　副葬品に注意
という小見出しが気が利いている
私自身
つくづくもって〈骨はイヤ〉
なので
関心を持って読み進むと
〈いくら高温で焼いても　骨は溶けて液体に
　なるだけで　灰にはなりません〉
とあり
拾骨のとき見かける細かな灰は
骨の灰ではなくて
柩　着衣　副葬品のたぐいであるという
骨でも灰でも約三キロ（成人男子六〇キロ）で
部分拾骨の西日本では喉仏など持ち帰ればいいが
全部拾骨の東日本では多くの地域で全部持ち帰る条例が
　ある
というのでまず
遅れている東日本方式を合理的な西日本方式に改め
次に
スェーデンでは火葬に遺族は立ち会わず
終わると職員が骨をかき集めて機械で砕き
ストックホルムの霊園では四〇パーセントの遺灰は
遺族が引き取らず職員が芝生に撒き
希望者には宅配で送る
ということを早急に実現すべきだ

スマトラ沖地震津波

ときこれ一二月二六日午前八時（日本時間同一〇時）
インドネシア・スマトラ沖に強い地震が発生し
大規模な津波が
インドネシア　マレーシア　タイ　ミャンマー
スリランカ　モルディブ　インド
に押し寄せた
地震の規模は一九〇〇年以降で五番目だといい
二七日の新聞で死者　　六六〇〇人超
二八日の新聞で死者　二〇〇〇〇人超
二九日の新聞で死者　五〇〇〇〇人超
三〇日の新聞で死者　七〇〇〇〇人超
三一日の新聞で死者一二〇〇〇〇人超
と死者の数は日増しに増え続けた
と同時に数多くの映像が流れ
人が流れ
樹木が流れ
家屋や自動車が流れ
状況が克明に伝えられている
死臭さえもだ
そして
伝染病や震災孤児の人身売買が憂慮されている
と特殊事情が伝えられている
聞きなれない被災地の地名の中に
インド領アンダマン・ニコバルだけが
遠い戦争の影の空軍の彼我の爆音を
思い出させていた

時代の船

敗戦が本決まりになったのは
一九四五年九月二日米艦ミズーリ艦上での
重光葵全権らによる降伏文書調印からだが
彼が隻脚で登場する姿が象徴的であった
そして波の背に背に揺られて揺れて
復員船高砂丸興安丸が活躍することになる

一九五四年三月一日に
まぐろ漁船第五福竜丸が
ビキニの米水爆実験で被爆
同年九月二三日に久保山愛吉船長が四〇歳で死亡した
潮流詩派創刊一年前のことである
三日後の二六日に台風一五号により連絡船洞爺丸沈没
死者行方不明者一一五五人
小説も映画も「飢餓海峡」は良かった
一九七四年九月一日原子力船むつ放射能漏れ
一九八八年七月二三日自衛隊潜水艦なだしおが
横須賀沖で釣船第一富士丸と衝突し
だれも助けないで三〇人死亡
あの若い潜水艦長もたまには夢に見るだろうか
二〇〇一年二月一〇日には
米国原子力潜水艦グリーンビルがハワイ沖で
日本漁業実習船えひめ丸と体当たり
あっという間に沈没させてしまった
轟沈というわけで
わたしの二一冊目の詩集は『轟沈とゴルフ』になった
二〇〇五年三月一五日魔のマラッカ海峡で
海賊が銃撃し乗り込んで日本人船長ら三人を拉致
数日後に身代金の用意ができたらしく無事生還
韋駄天という船名だったが
早いのはカネの動きのようだったね

人　毎朝

小さいとき
一人っ子だったので
毎朝
六畳ほどの部屋の真ん中に敷かれた
布団のなかで目が覚めると
枕元に並べた
馬や犬の陶器製の小さい置物を十数個
ひとつづつ手にとって
ひそかに悦に入っていた
人は私だけだった

それから
身の回りの世話をしてくれる女中さんたちがきて
パジャマから服に着替えさせられる
テンプルちゃんの映画などを見ていると
西洋では寝るときでもパジャマという服を着る
それなら
パジャマという服なら昼間も着たままでいい筈と
着替えずにいたら父親に一喝されてしまい
悔しい思いをした
念のために記すと
母親に叱られた記憶はない
このとき私にとって人とは
父親と母親と数人の女中さんたち
年齢表によると父親は生きていれば今年一〇〇歳
私は今年七二歳か三歳か分からなくて
記憶をたどるとあと二ヶ月ちょっとで
七四歳になるものと分かった
毎朝
八畳の部屋の真ん中に置いたベッドで目を覚ますと
腹式呼吸をして階段を下りて
もう一人の生死を確かめる

東京の水

東京の水はまずい
と誰もが言う
それが今年の五月の新聞で
東京の水「まずい」返上
高度処理で質改善
一本一〇〇円　販売
PRに都懸命
とタイトルを散りばめていた
いまや東京の水をそのまま飲む者はいない
なんて踏ん反り返るのもいる
浄水器を買えとうるさいのもいる

そのたびに
うちの水道の水は
とうに改善されちまっていて
全国の名水と同じになってしまった
のだ
ということにしている
かつて消毒の匂いが
いささか強かったことがあった
しかしいつのまにか
それもなくなって
どこかの大学教授やら
水道局職員やらの指摘するところを信じて
東京の水のうまさを
いままで以上に
懐かしむように
いとおしむように
伝えておこう

（『時代の船』二〇〇六年潮流出版社刊）

評論

黒田喜夫論

I

黒田喜夫は一九二六年二月二十八日に山形県米沢市住之江町で生れた。数年後に母の生地である西村山郡寒河江町に移り、一九四〇年に寒河江小学校高等科を卒業、同年四月には上京して、戦時下の京浜工業地帯（品川区・立会川）で徒弟、機械工として、青春前期を送った。

空襲、夜学、プロレタリア文学、ロシア文学、飢餓……といった言葉が彼自身の綴った略歴の中で、この時期に列記されている。だがこの頃の京浜工業地帯はいわゆる軍需景気で活気に満ちていた側面を持つ。したがって具体的には徹底的な飢餓はまだなかった。しかし、あきらかに戦争と資本主義の矛盾を大きく孕んでいた。黒田喜夫が上京した頃、京浜工業地帯の空には、いつも赤とんぼが飛んでいた。赤とんぼというのは、オレンジ色の布製の練習機のことだ。その赤とんぼを見上げながら少年の多くは、少年飛行兵を夢みていた。おそらく、黒田喜夫はその赤とんぼの爆音を聴きながら、兵器を作らされつつも、夜はひそかにプロレタリア文学やロシア文学に親しんでいたのであろう。

一九四五年の四月に、彼は工場ごと長野県埴科郡西条村に疎開したのだが、七月には疎開先から兵隊検査のため帰郷し、甲種合格となったので、入隊準備をしているとき、八月十五日（敗戦）をむかえた。日本共産党に入党したのはその年の十二月であった。以後、農民運動に没頭したが、一九五〇年に肺結核で入院、はじめて詩をかき、「詩炉」という詩のサークル誌を創刊、その後瀬木慎一を通して「列島」の影響を受けつつ、詩作をつづけた。今でこそ、肺結核は恐れるに足らない病気となっているが、黒田喜夫が発病した当時は、まだまだ不気味にロマンチックで、しかもすぐ死に結びつく危険な病気であった。彼と同年代またはそれ以前の世代では肺結核を既往症とする詩人も多い。

一九五四年、ふたたび黒田喜夫は上京して「列島」

「新日本文学」に参加し、「現代詩」「映画批評」の編集部員として勤務することになった。そして「空想のゲリラ」が発表された頃から彼の詩活動は注目されはじめた。それからまもなく一九五九年に第一詩集『不安と遊撃』が出版されて、それが第十回H氏賞を受賞することになるのだが、そのときすでに肺結核が再発して代々木病院に入院しており、安保闘争の一九六〇年に左肺を手術した。病状は一時かなり悪化して危険状態になった。しかも一九六一年には病床で日本共産党より除名される。このときの「除名」という作品が多くの人々に感銘を与えたことも、まだ記憶に生々しい。代々木病院は共産党が運営する病院だったので、一九六三年に国立東京病院に転院し、左肺上葉切除手術をうけ、翌年退院。現在自宅で闘病生活と執筆活動をつづけている。

主な詩集に『不安と遊撃』（一九五九年）『地中の武器』（一九六二年）『黒田喜夫詩集』（一九六六年）、評論集に『死にいたる飢餓』（一九六五年）、『詩と反詩』（一九六八年）『負性と奪回』（一九七二年）『自然と行為』（一九七七年）などがある。

2

一九五五年九月二十三日の私の日記を引用してみると〈歩いて信濃町の明石へ、現代詩お茶の会、会費七十円でせんべいにかりんとうなどつまむ。テーマは詩の朗読。東野英治郎、壺井繁治、岡本潤、秋山清、関根弘、安東次男、滝口雅子、大井川藤光、且原純夫らが出席、黒田喜夫が受付をやっていた。予想では東野が旧態依然タル朗読をし、安東が淡々とやるのかと思っていたが、実際は逆で東野は淡々と読み、安東は大時代にローローとやっていた……〉とある。この日はじめて私は黒田喜夫に会った。大井川藤光や且原純夫に紹介されたように思う。黒田喜夫は黒いセーターを着ていたような気がする。柔和で無口でハンサムな青年詩人というのがその印象であった。

そののち、現代詩の会合や、潮流詩派の会合などで、何回か会うことができたが、徹底的に話し合う機会を持てなかったことは残念なことだ。黒田喜夫が肺結核の再発で入院し、やがて死線をさまようことになると、同世代の詩人に、それは強いショッキングな事件でさえあった。したがって図書新聞（一九七二年四月二十二日号）に〈彼が病床で〝夢〟の話をしていたことを雑誌で読んだことがある。そんなある日私は黒田喜夫を見舞う夢をみた。夢で私は代々木病院ならぬ、ある〝村〟の祠の近くの木と藁で作られた小舎に彼を見舞うのであった〉と私がかいたように、当時の私自身にも、それは強い衝撃だったのである。

3

黒田喜夫が詩に関心を持ちはじめたのは、戦後、郷里で肺結核にたおれたときからであった。瀬木慎一を通して詩作をはじめ、一九五〇年にはサークル誌「詩炉」を創刊、やがて「列島」や「新日本文学」に参加することになった。

「列島」については、すでにしばしば触れたが、一九五二年に創刊し、一九五五年に第十二号をもって終刊した。戦後詩史における画期的な代表的詩誌で、詩の社会性、批評性、記録性などを重視した民主的詩運動は各方面から注目されていた。関根弘、瀬木慎一、長谷川龍生らはその主要メンバーである。「列島」における黒田喜夫の活動は地方会員のひとりとしての活動であって、あまり目立つものとはいえない。数篇の作品を発表したにすぎなかったからだ。

黒田喜夫の活動が注目されたのは、彼がふたたび上京して「現代詩」編集部員の仕事についた頃からである。「現代詩」についてもまた、すでにしばしば触れているのだが、一九五四年に新日本文学会詩委員会によって、創刊され、民主的な詩運動を戦後もっとも広域に展開した詩誌で、一九五八年以後は、新らたに結成された現代詩の会（会長＝鮎川信夫、編集長＝関根弘）にその運営がひきつがれたが、一九六四年にとつぜん廃刊された。「現代詩」は、戦後の詩誌で、もっともアクチュアルな軌跡を大きく残したものといえよう。

これらの詩誌を拠点として、黒田喜夫は、その独特な詩運動を推進してきたのであるが、一九五五年には、松永伍一、井上俊夫らと共に農民詩誌ともいうべき「民族詩人」も創刊していた。

「現代詩」を発行していた飯塚書店から〝現代詩集〟というシリーズでアクチュアルな詩集が刊行されていたことがある。関根弘詩集『死んだ鼠』木原孝一詩集『ある時ある場所』茨木のり子詩集『見えない配達夫』菅原克己詩集『日の底』吉野弘詩集『幻・方法』につづいて、黒田喜夫詩集『不安と遊撃』がその六冊目として発行されたのは一九五九年十二月であった。この詩集の冒頭に「空想のゲリラ」が収録されている。

空想のゲリラ

もう何日もあるきつづけた
背中に銃を背負い
道は曲りくねって
見知らぬ村から村へつづいている
だがその向うになじみふかいひとつの村がある
そこに帰る
帰らねばならぬ
目を閉じると一瞬のうちに想いだす
森の形
畑を通る抜路
屋根飾り
漬物の漬け方
親族一統
削り合う田地
ちっぽけな格式と永劫変らぬ白壁
柄のとれた鍬と他人の土
野垂れ死した父祖たちよ
追いたてられた母たちよ
そこに帰る
見覚えある抜道を通り
銃をかまえて曲り角から躍りだす
いま始源の遺恨をはらす
復讐の季だ
その村は向うにある
道は見知らぬ村から村へつづいている
だが夢のなかでのようにあるいてもあるいても

なじみない景色ばかりだ
誰も通らぬ
なにものにも会わぬ
一軒の家に近づき道を訊く
すると窓も戸口もない
壁だけの唖の家がある
別の家に行く
やはり窓もない戸口もない
みると声をたてる何の姿もなく
異様な色にかがやく村に道は消えようとする
ここは何処で
この道は何処へ行くのだ
教えてくれ
応えろ
背中の銃をおろし無音の群落につめよると
だが武器は軽く
おお間違いだ
おれは手に三尺ばかりの棒片を摑んでいるにすぎぬ？

自分の村を解放しようと、はるばる銃を持って帰ってきたのだが、村はまるで自分から他人のように遠退いてゆき、応えない。気がつけば自分が持っていたのは銃ではなくて、三尺の棒片にすぎなかった。そこにはいわゆる、戦後の革命の行為者としての挫折が悲痛な孤独感を伴って表出されていた。それは意識的に白茶けたニュース映画的な手法のフィルムをみるときに似ている。

かつて私は、井上俊夫や高良留美子の黒田喜夫についての考察をみながら、『列島ノート』の中で、この作品を取りあげて論じたことがあるが、その後の黒田喜夫の執念的な詩の世界は、次第にこの作品の比較的に単純明快な明色の度からはなれて、たとえば「毒虫飼育」「原点破壊」「餓鬼図上演」のような暗色の度が増幅されてゆく方向をたどることになる。

除名

一枚の紙片がやってきて除名するという
何からおれの名を除くというのか
これほど不所有のおれの

ひたひたと頬を叩かれておれは麻酔から醒めた
窓のしたを過ぎたデモより
点滴静注のしずくにリズムをきいた
殺された少女の屍体は遠く小さくなり
怒りはたえだえによみがえるが
おれは怒りを拒否した　拒否したのだ日常の生を
おれに残されたのは死を記録すること
医師や白衣の女を憎むこと
口のとがったガラスの容器でおれに水を呑ませるもの
　から
孤独になること　しかし
期外収縮の心臓に耳をかたむけ
酸素ボンベを抱いて過去のアジ句に涙することではな
　い
みずからの死をみつめられない目が
どうして巨きな滅亡を見られるものか
ひとおつふたあつと医師はさけんだが
無を数えることはできない　だから
おれの声はやんでいった

ひたひたと頬を叩かれておれは麻酔から醒めた
別な生へ
パイナップルの罐詰をもって慰めにきた友よ
からまる輸血管や鼻翼呼吸におどろくな
おどろいているのはおれだ
おれにはきみが幽霊のように見える
きみの背後の世界は幽暗の国のようだ
同志は倒れぬとうたって慰めるな
おれはきみたちから孤独になるが
階級の底はふかく死者の民衆は数えきれない
一歩ふみこんで偽の連帯を断ちきれば
はじめておれの目に死と革命の映像が襲いかかってく
　る
その瞬時にいうことができる
みずからの死をみつめる目をもたない者らが
革命の組織に死をもたらす　と
これは訣別であり始まりなのだ
生への
すると一枚の紙片がやってきて除名するという

何からおれの名を除くというのか
革命から？　生から？
おれはすでに名前で連帯しているのではない
（1961年・代々木病院で）

黒田喜夫の「解体の中で」というエッセイによると〈その病院は、私が敗戦直後に入党し、その頃まで党員だった共産党の組織が運営している病院で、そこで私は死に瀕する患者であると共に、党除名者だという位置にあった〉とある。そして、この作品の背景には六〇年安保が大きく渦巻き、「さしあたってこれだけは」声明（一九六〇年）および、文学者グループの党指導部批判声明（一九六一年）に野間宏、井上光晴、小林勝、朝倉摂らと共に参加したことにより、一九六一年に彼は日本共産党から除名されることになったのである。この作品は発表当時多くの詩人から注目されたのだが、革命と死と党の複雑な関係の坩堝の中から冷たく煮えたぎる人間の声が妖しい詩の矢となって激しく対象に迫り、そこへ射込まれてゆくもののようであった。

5

かつて井上俊夫は黒田喜夫の作品について〈あえていえば、「農村離脱型プロレタリアートの反抗的望郷詩」ということにでもなろうか〉とかいた。やがて、高良留美子によれば、それは〈自己の解体と物質の解体、自己の運動と物質の運動を同時にふくみ、実現する屈折した詩的世界をかたちづくってきた〉という方向をたどり、岡庭昇によれば〈黒田喜夫が切り拓いた《否定》の、詩的な意味における弁証的な構造は、ちょうど私たちの近代詩が自己の幻想性を、真の意味での文学的な《全体》性へ向う土台として直視せずに、そこから抜け出るための「肯定性」を自己に与えようとする限りにおいて、いつも仮構の統一性を表現の外側から与えてこなければならなかったそのみちすじの先に、この自己否定＝作品の統一性への希求を、ひっくりかえしてみせた〉のであり、さらに長谷川龍生によれば〈黒田喜夫の生きつづけてきた詩の世界ほど、苦渋に満ちたるものはない〉〈なぜ、黒田喜夫が、このような不自由で、苦渋に満ちた分野で仕事をし続けていくのであろうか〉〈答えは明瞭である。彼は、革命的な思想の詩人であるからだ〉ということから、その特異な思想詩的な位置が解明されるのである。

私は黒田喜夫の近著『負性と奪回』の書評で〈それらのすべての基底に流れるものは、村・飢餓・死・負性・怨恨……がゾル状に生成された彼自身の原点彷徨そのものである。それを突き破ろうとすれば、常に、解体、幻想……が第二、第三のゾル状を生成して、ふたたび、みたび彼の詩の原点にたちかえる。彼の駆使する言語自体がすでに、暗黒の中で粘性の重い痛恨の呪いに満ちている。「空想のゲリラ」以後の彼の詩は比較的に私の身近にあるのだが、それらの詩は常に読む者に対して激しく苦渋を強いるものがあった〉（図書新聞）とかいた。黒田喜夫の詩はまさに負性の奪回というべき、反撃の銃口からほとばしる黒い鉛の弾丸である。

（「詩芸術」一九七二年七月号）

寺山修司論

I

寺山修司は一九三五年十二月十日（戸籍上は翌年一月十日）に青森県三沢市に生れた。父は特高警察の刑事であったという。一九四五年に父はセレベス島で戦死。この年青森市で空襲を体験、八月十五日には小学校四年生で九才。母が占領軍のベースキャンプに働きにいったので、この年から自炊生活をし、詩をかきはじめた。十一才でボクシングジムに通いだしたり、草野球に熱中。一九五一年に青森高校へ入学。文学部に入って、「青蛾」を発行。翌年、青森県高校文学部会議を組織するかたわら、詩誌「魚類の薔薇」を編集発行。さらに十代の俳句雑誌「牧羊神」を創刊した。「牧羊神」は全国的な組織で、参加者は百名を越え、季刊で十二号までつづいた。この雑誌を通して中村草田男、西東三鬼、山口誓子の知遇を得たという。高校三年（一九五三年）のとき、全国学生俳句会議を組織して、俳句研究社の後援で俳句大会を開催したこともあった。

一九五四年に上京、早稲田大学教育学部へ入学したが、ほとんど通学しないで、シュペングラーの「西欧の没落」に心酔したりしていた。この年に短歌「チェホフ祭」五十首を作り、第二回短歌研究新人賞を受賞。冬にネフローゼを発病。翌年、西大久保中央病院に入院。戯曲「失われた領分」をかき、早大の緑の詩祭で上演。このあと病状悪化し、絶対安静で年を越した。一九五七年、病状やや回復しはじめ、『われに五月を』を作品社より出版した。これは短歌、詩、俳句、小品を収録した作品集である。一九五八年には第一歌集『空には本』を出版。退院するも定まった住所はなかったという。この頃より異色の新鋭歌人として知られるようになり、詩人をはじめ他ジャンルの人々との交友もひろまっていった。

一九五九年に早稲田詩人クラブへ参加。放送劇「中村一郎」で民放祭大賞を受賞。一九六〇年にはおなじく「大人狩り」を発表したが、革命と暴力を煽動するものとして物議をかもし注目をあびた。他に、戯曲「血は立ったまま眠っている」三幕（浅利慶太演出で劇団四季が上演）や「乾いた湖」（篠田正浩監督）のシナリオをかき、小説「人間実験室」を「文學界」に発表した。安保闘争に揺れたこの年は寺山修司の第一の飛躍の年であったといっていい。

このあとの活動は、多方面にわたり枚挙のいとまがなくなるのであるがその一例をあげれば、長篇詩「李庚順」を「現代詩」に連載し（一九六一年）、テレビドラマ「一匹」をかき（一九六二年）、「家出のすすめ」を各大学で講演し（一九六三年）、放送劇「山姥」でイタリア賞を受賞し（一九六四年）、放送叙事詩「犬神の女」で第一回久保田万太郎賞を受賞し（一九六五年）、放送叙事詩「コメットイケヤ」でふたたびイタリア賞を受賞し（一九六六年）……とつづき、一九六七年に演劇実験室〝天井桟敷〟を設立。また映画「母たち」（松本俊夫監督）のコメントをかくために、はじめて海外（フランス、ガーナ、アメリカ）の旅に出た。この年は寺山修司の第二の飛躍の年ということができよう。

以後毎年、国内でも海外でも、その活動はいよいよ多岐にわたり、縦横に拡大されて現在に至っている。

歌集に『空には本』『血と麦』『田園に死す』『寺山修司全歌集』『寺山修司青春歌集』詩集に『地獄篇』、戯曲集に『血は立ったまま眠っている』『寺山修司の戯曲』全五巻、エッセイ集に『現代青春論』『遊撃と誇り』『戦後詩』『書を捨てよ、町へ出よう』『ぼくが戦争へ行くとき』、小説『ああ荒野』など多数がある。

2

寺山修司にはじめて私が会ったのは、新宿の喫茶店ボンの二階でだった。その日彼は階段をあがってきて、私のテーブルの前に座りながら〈村田正夫について、いま嶋岡晨にきいたんだけど、最近「詩におけるセックスの問題」というエッセイをかいたイサマシイ詩人であるということだった……〉といった。「詩におけるセックスの問題」は「新日本詩人」第三号（五八年十一月）に発表したので、そのあとの私の日記をめくってみると、一九五九年二月十九日に私は彼とはじめて会ったもののようであった。

私たちは早稲田詩人クラブという組織を作ろうと準備をすすめていたときなので、その日の話題は当然のことながら、そのクラブについて集中していた。彼の主張するところは詩画展とか詩のショウといった方面で活動すべきで、アンソロジーなど出版するのはつまらないということであり、私もほぼ同意見であった。

一九五九年七月十五日から二週間、有楽町そごうアートステップで、早稲田詩人クラブ主催の第一回詩画展「詩と画による都市をみつめる眼」が開催された。寺山修司は渡辺藤一と組んで出品、他に城侑、村田正夫、平田好輝、タマキケンジなど十数人が出品したのだが、その前夜会場へ搬入し飾り付けを終ったあと私は寺山修司と有楽町のガード下の店で三十円の氷イチゴを注文した。彼は酒より氷イチゴのほうがいいというのだ。それから彼は〈目下月収三万円でモーレツにお嫁さんがほしい〉ともいった。このときの詩画展では、寺山修司の作品だけが売れていたと記憶している。

一九六一年十二月十六日に戸塚にあった寺山修司のア

パート幸荘へゆくと、彼の部屋の入口にかけてある黒板にはキューピットの矢に射抜かれたハートの画が描いてあった。部屋の中で目下恋愛中なのか、デートのため不在なのかわからなかったが、とにかくその日私は黙って帰った。

寺山修司の年譜によると一九六〇年に松竹女優九条映子と結婚したとあるが、私には一九六二年四月二日に彼女と結婚したというはがきが届き、五月二十九日にその結婚を祝う会がサンケイ会館で開かれた。大島渚、浅利慶太、谷川俊太郎、諏訪優、鎌田忠良など多数があつまり、会場の隅におかれたテープにそれぞれ言いたいことを吹込んでおいた。そのときあのハートの画はやはり九条映子なのであったかと思ったりした。

「潮流詩派」三十四号（六三年七月）に発表した寺山修司と私との対談「戦争と詩」は、一九六三年四月二十二日に永福町駅近くの彼の新居で行なわれた。彼はそこで〈ファシズムについてはある意味で興味がある。それを政治的に支持するということでは決してないけどね。ワグナーの音楽はとてもファシズム的でしょ。それは要するに非常にいらだたしいからだよね〉と芸術に不可決な〝いらだたしさ〟を強調していた。対談が終ったあとで、彼は〈この家は高圧線の下にあるから安いんだ〉と笑った。いらだたしいということはまさに高圧線と関連する問題であっていいのだ。

都市センターで『現代の青春論』（三一新書）の出版記念会がひらかれたのはその年の六月六日で、前衛舞踊の土方巽が新聞紙で顔を包み料理ののせてあるテーブルの上に乗って動きはじめると、白石かずこが〈ステテコをはいていないのがいい〉といったのを、どういうわけか私は今でも憶えているのであった。

若い日本の会の会合や、東和映画の試写室とか安保のデモ（但し、彼はトイレに入ってせいせいして帰ってしまった）とか、新宿の路上でよく私は寺山修司と出会った。私が街で出会った詩人としては彼と関根弘との回数が最も多い。このことからも彼らがいかに〝歩きまわっていた〟かがわかるだろう。そしていつでも寺山修司は青森弁のエロキューションを捨てずに喋りまくるのである。一九七二年の三月二十一日には私たちが渋谷西武のパーキングビルで〝ポエトリー・アット・ニュージャズ〟をやったとき、会場で腕組みしてきいていたが、やがてそのことについてテレビで意見をのべていた。

3

寺山修司は十六才のとき、詩誌「魚類の薔薇」を出したり俳句誌「牧羊神」を出していたが、その後詩の同人誌に拠るということはほとんどなかった。強いていえば白石かずこが参加したと同じようなかかわりかたで「地球」に作品を発表していたことがあるくらいで、その多くは非同人誌に発表されていた。彼は一九五九年に早稲田詩人クラブに参加したが、これは早大出身の戦後詩人集団であって同人組織ではなかった。このクラブは私の居所を発行所にして、片桐ユズル、白石かずこ、城侑、寺山修司などが常任委員となって運営されていた。寺山修司はここで詩画展に出品したり会報に文章や彼の独得の克明な消息を寄せていた。おなじ頃に彼は若い日本の会にも参加している。この会は、アメリカのビート・ジェネレーション、フランスのヌーベルバーグ、イギリスのアングリィ・ヤングメン……といった世界的な青年芸術家の新しい活動的なうねりの一環としての位置を占め、大江健三郎、江藤淳、石原慎太郎、羽仁進、浅利慶太、久里洋二、谷川俊太郎などが主要メンバーであった。たとえば一九五九年三月十五日の総会では、⑴毎月第二日曜に例会をやり、⑵会費は百円で、⑶会報は月刊（タイプ）で出そう——などと決めたが、ひとつも実行されないままに、なんとなく可能性を秘めた魅力的な団体のように思われていたが、六〇年安保に巻き込まれて瓦解することになった。この会は一九六〇年五月三十日に〝三十日五時の会〟という名の安保に抗議する集会を草月会館でひらいたのだが、会員間に根本的な意見の食い違いが発見され、石原慎太郎のブレーキが成功して安保反対の声明さえ出せなくなってしまった。しかし賛否はともかく若い芸術家が政党の背景なしに熱く政治を語る光景はその後みられなくなっている。

寺山修司は詩とか短歌という枠にとらわれない広い場所で自由奔放に活動をつづけるのだから、堂本正樹らと集団〝鳥〟を組織したり（一九五九年）、山名雅之らとジヤズ映画実験室〝ジューヌ〟を組織したり（一九六〇年）するのだが、一九六七年に横尾忠則、東由多加らと組織した演劇実験室〝天井桟敷〟の活動はとくに多くの注目をあつめて、遠く海外にまで及んでいる。

4

「潮流詩派」二十九号（六二年四月）が〝支持する作品〟特集をやったとき、風山瑕生の「讃歌・母の腰」などと共に、寺山修司の「壁に、頭を」も取り上げたことがある。

墜落してくるのを
見ていた
あいつの名は陳だ
工事現場で知りあった
立入禁止地域で
雑草に身をかくし
まだ乾かないコンクリートの中に
塗りこめられてしまう
あいつを
見ていた
（「壁に、頭を」部分）

この作品について平田好輝は、寺山修司の短歌の集大成のようだとし、いくつかの例証をあげていたが、このことは、その後の寺山修司の各ジャンルの作品についてもいえるようだ。

母親を殺そうと思いたってから
李は牛の夢を見ることが多くなった
蒼ざめた一頭の牛が
眠っている胸の上を鈍いはやさでとんでいるのを感じた
とんでいると言うよりは浮かんでいるといった方がいいかも知れないが
ともかくその重さで
汗びっしょりになって李は目ざめる
（「李庚順」部分）

この作品は一九六一年に「現代詩」に連載された七二

○行の長詩で、当時の地方新聞にでた北朝鮮の少年の母殺しの記事をテーマにしていた。

陳や李……あるいは、朝鮮人、黒人、犯罪人など、深いかげりのある差別されたものたちをかくとき、寺山修司のボキャブラリーは不気味な悲鳴をあげてのたうちまわり、原色の土俗的な闇の中に臭気をはなちながら、強烈に粘着力を発泡させていった。それは長篇叙事詩「地獄篇」においても、なお執拗にくりかえされるのであった。

5

寺山修司が短歌研究新人賞を受賞した作品の表題「チェホフ祭」は、「短歌研究」編集長の中井英夫がつけたもので、実際の応募作品に作者がつけた表題は「父還せ」であったという。そして五十首のうち十七首を削除して残りの三十三首が受賞作品として発表された。削除された作品には次の作品も含まれていた。

作文に「父を還せ」と綴りたる鮮人の子は馬鈴薯が好き

「父還せ」という表題と、この短歌をみたとき、寺山修司の原点と今日の諸作品とのつながりがあきらかになるだろう。このように彼は、朝鮮人、孤児、浮浪児、浮虜、黒人……といった階層を積極的に短歌の世界に押し込んだ。彼における短歌もまた、彼自身の青春の定型にほかならない。

マッチ擦るつかのま海に霧ふかし身捨つるほどの祖国はありや

たとえば、このような絶唱が、彼の詩精神の根底にあって、そのヴァリエーションの積み重ねが、いつのまにか大きな変革を遂げてゆくというプロセスが、彼の作品に常に存在するのである。そして私には、寺山修司の作品の主人公が、市井の人々であるあいだは彼の作品は滅びないだろうと思われる。おわりに、彼が好んで用いるラングストン・ヒューズの詩「七十五セントのブルース」（木島始訳）の冒頭の部分を引用しておこう。

どっかへ　走っていく　汽車の
七十五セント　ぶんの　切符を　くだせい
ね　どっかへ　走っていく　汽車の
七十五セント　ぶんの　切符を　くだせい　ってんだ
どこへいくか　なんて　知っちゃあ　いねえ
ただもう　こっから　はなれてくんだ
……

（「詩芸術」一九七二年十月号）

山之口貘〈襤褸〉ということ

パーティなどで高名な詩人に敬意を表して挨拶するということは、私には不得手であって、なかなか出来ない。高名な詩人には近付き難い威厳がそなわっていて、私を近付けないからである。しかし、ときには高名であっても親近感を持たせる詩人がいる。たとえば山之口貘がそうである。私はパーティで数回山之口貘に出会ったが、ほとんど話を交わしたことがない。ただ、あるパーティの終了後地下鉄新橋駅のホームで、ばったり出会ったとき、思わず両者がペコリと会釈したことが妙に印象に残っている。私がペコリとやるのは不思議でないが、高名な詩人が私に対してペコリとやるのは、やはり印象的なのである。一般に高名な詩人などというものは威厳がそなわると共に、ペコリという動作が退化してしまうのに、山之口貘は威厳をそなえずに、ペコリとやる若さが残っていたということが印象的であったわけだ。

ある日
雑誌でみると
この詩人は死んでしまって
〈山之口貘氏のお嬢さん〉と説明のついた写真が載っ
　ていた
ははァ
こんな美人の娘さんを持つ親なんてものは
嬉しいだろうね
〈山之口貘氏〉よ　嬉しいんだろうね

　これは「わっははでほろりの詩」（一九六五年）という私の詩の一部分であるが、この詩は貧乏と娘と詩人ということがテーマになっている。この詩は当時「新日本詩人」に載せるつもりで遠地輝武に渡しておいたが、推敲が足りぬようなので編集直前に他の作品と取り換えてしまい、いまだに未発表のままで十二年も経ってしまった。この詩はあきらかに山之口貘に対する親近感が詩作の動機となっていたといえよう。

　私は第七詩集『センチミリミリの歌』の後半に収録した十三篇の詩で、実在の女性に対して、たとえば〈――遠い日のFに〉というような献辞をつけたことがあるが、詩人への献辞をつけたことはないし、ある詩人を想定してかいた詩というのもこの詩と「啄木について」（七〇年七月二十二日）以外にはほとんどないだろう。したがって、この詩はその意味からも未発表の作品であるにもかかわらず強く印象に残っているのである。

　つまり、山之口貘という詩人は、たいして影響を与えたわけでもなく、また、親しい後輩というでもない私にまで、このような詩をかかせるような魅力を持つ詩人なのである。

　私は山之口貘を〈貘さん〉と呼んだことは一度もないし、今後も〈貘さん〉と呼ぶことはないだろうけれども、生前、山之口貘と親交のあった多くの詩人が〈貘さん〉と呼び、親交どころか一度も会ったことのない若い詩人たちまでが〈貘さん〉と呼ぶことに、山之口貘の〝詩と詩人〟の今日的位置が示されているものと思われてならない。

山之口貘について、たとえば遠地輝武は、『現代日本詩史』で〈その長い放浪生活の体験から取材した一種アナーキスティックで、ユーモラスな作品が、自ら諷刺的興味をなすといった詩風をつくり出した〉としながらも〈かれもやはり自己のロジックを社会的現実の本源とふれあうようには展開しなかった。だから、その面白さは、それだけに終り、諷刺詩本来の社会的批判にまで徹しなかった〉と批判している。プロレタリア詩人がアナーキィな詩人を批判する場合は、このような姿勢をとらざるを得ないだろう。

　私は、もし、私が沖縄人であったら、徹底的に九州人や本州人に、あるいはアメリカ人に対して運命的な怨念を捨て切らずに一生を終るだろう。そして、詩作するならば、徹頭徹尾、その怨念をその中に籠めていくだろうと夢想する。すなわち私は、運命的に、また〈私〉的に沖縄人としての山之口貘を把握するとき、このシチュエーションを度外視してはならないと考える。

　山之口貘についてのエピソードの多くは貧乏と〈亜熱帯〉的ユーモアであり、ペーソスであり、〈おさえた怒り〉である。そして、その奥底に秘められた批評の眼光が根強く光っているのである。

野良犬・野良猫・古下駄どもの
入れかはり立ちかはる
夜の底
まひるの空から舞ひ降りて
襤褸は寝てゐる
夜の底
見れば見るほどひろがるやうひらたくなつて地球を抱
　いてゐる
襤褸は寝てゐる
鼾が光る
うるさい光
眩しい鼾
やがてそこいらぢゅうに眼がひらく
小石・紙屑・吸殻たち・神や仏の紳士も起きあがる
襤褸は寝てゐる夜の底
空にはいつぱい浮世の花

大きな米粒ばかりの白い花　（「檻褸は寝てゐる」全行）

この詩は第一詩集『思辨の苑』（一九三八年、むらさき出版部）の冒頭に載せられている。したがって、『山之口貘全集』第一巻〈全詩集〉でも、まず山之口貘の詩はこの詩から読むように配置されている。そこで、この詩をここに引用してみた。初期の作品であり迫力がない。パンチがきいていない。チクリチクリともしない。もちろん〈社会批判にも徹していない〉冒頭の一行をとっても、いささか陳腐である。

〈檻褸は生きてゐる〉というならまだしも、〈檻褸は寝てゐる〉のである。〈地球〉が出てきたとしても、まだまだ云々することもない。〈浮世の花〉なんて、まったく私の好みでない。この詩でとりあげるべきものがあるとすれば、それはラストの〈大きな米粒ばかりの白い花〉であろう。夜空には星がある。少くとも一九三〇年代の東京の空にはまだまだ多数の大きな星のまたたきがあった。そこで、まず、私の好みではないが〈空にはいつぱい浮世の花〉と結ぶ。これでおしまいならその後の山之口貘は存在しないのだが、そのあともう一行、蛇足ではない、仕込杖のような〈大きな米粒ばかりの白い花〉を追加して結ぶのだ。一九三〇年代の東京には、空に星がたくさんあっても、それが大きな米粒ばかりの白い花に見えて仕様がないほどに、現実の米のない不景気な都市であったのである。はじめにケチをつけて、終りにちょっとほめておくのが書評のコツだなどという、そのつもりでこの詩を単に、詩集の冒頭にあったから引用したというわけではない。実は、〈檻褸〉について、ほんの少し触れたかったからである。〈檻褸〉は寝てゐるより生きていたほうがいいなどということも、いまはどうでもいい。山之口貘の詩が〈檻褸〉から始まっている事実。その適確な詩の出発をあえて指摘しておきたいからこそ、この詩を引用したのである。

人は、貧について、〈檻褸〉について一生を通して考えていかなければならない。一生が無理だというなら、せめて一度は考えてみなければならない。詩人なら、せめて一篇はそのような詩、つまり貧の詩、〈檻褸〉の詩をかかなければならない。詩を私はそう考えている。最近の調査では日本に下層階級は極めて少い。少くとも自分を下層階級だと思っている人は極めて少い。大多数は自分を中産階級だと思っているというのである。この調査結果に満足しているのは恐らく一握りの支配者たちであろう。この調査結果を詩人にあてはめてみると、中産詩人というのが大多数を占めそうだ。中産詩人では〈襤褸〉の詩はかけない。私に云わせれば〈襤褸〉の詩がかけないということこそ、詩の貧困を示しているのである。山之口貘は詩の貧困を救った数少ない詩人のひとりであった。

（「潮流詩派」八十九号、一九七七年四月）

＊「黒田喜夫論」「寺山修司論」「山之口貘」は、村田正夫『戦後詩人論』（白馬書房、一九七九年）に収録。

詩人論・作品論

「勧進帳」、お見事！

八木忠栄

村田正夫に初めてお会いしたのは、中野区千光前にあった遠地輝武宅だった。遠地さんを初めて訪ねたとき、柱によりかかった村田さんは、眼鏡の奥の鋭い目つきでこちらを睨みつけていた（ようだ）。暖かそうでしゃれたたっぷりした寝巻を着て、まるで用心棒を思わせ、居候しているふうだった。遠地さんは一人で、いつも囲炉裏に向かって、くしゃくしゃしている様子だった。煮物をしたりしていた。

なぜか、思潮社の小田久郎さんに紹介されてお訪ねしたのだ。「なぜ遠地さん」なのか理由もわからず、何も考えずに。間もなく、遠地さんが主宰しているグループ「新日本詩人」に加入した。村田正夫の他、西杉夫や重国林、高田新ら、うるさい先輩方が何人かいた。

会合で、中野駅から歩いて千光前へはよく通ったなあ。私は詩人遠地輝武について、まだよく知らなかった。調べてみると、批評家としても恐れられた、前衛的なプロレタリア詩人だったらしい。そんな面影は今や薄れていて、遠地老詩人は「少年」「少年」と、まだ大学生だった私を呼んで、可愛がってくれたと思う。私はまさにメクラ蛇に怖じず、であった。

「遠地さん夫妻にはお子さんがなく、病臥中の（妻）木村好子さんが入院し、村田は上高田の下宿から歩いて通えたので、結局、お二人を看取り、葬儀を済ませた……」と、麻生直子さんからのお手紙にあった。そういう事情など知らなかった。遠地さんのお葬式には、小田さんと一緒に千光前のご自宅に伺った。その時、仕切っていたのが村田正夫だった。

ところで、歌舞伎十八番としてよく知られている「勧進帳」に名場面がある。安宅の関では関守・富樫の前で、弁慶が何も書いてないウソの勧進帳を読むふりをし、富樫の質問にも次々と適切に答えて、義経主従の逃亡を助けるという場面である。村田正夫といえば、この「勧進帳」にまつわるエピソードがある。

最初はいつ、どんな機会だったのかは忘れてしまったけれど、「勧進帳」の安宅の関で、弁慶がウソの勧進帳を読みあげる。それを真似る村田正夫。彼の真面目くさった名演技には、何回かその都度驚いてしまった。つくづく感心させられた。歌舞伎の「勧進帳」では、名演技とされる九代目市川團十郎の舞台を、今や見ようもないのだけれど、團十郎を超えている演技ではないかと、いっぺんに感動してしまった。

村田正夫の詩も諧謔がきいていて、味わいがあるのは今さら言うまでもないけれど、村田さんの「勧進帳」の弁慶は強烈で、とても忘れられない。村田さんはもともと詩だけでなく、普段もとぼけたところのある詩人でもあったけれど、芝居気まであったのかどうか、そこまでは知らない。普段から真面目な顔でとぼける人だったけれど、眼鏡の奥のあの太く濃い眉を動かす演技はおかしくもあり、独特の皮肉やユーモアもあった。それらは詩に負けないものがにじみ出ていた。そんなところにも、詩人村田正夫が存在していた。

安宅の関での弁慶の読みあげは、こうである。「……それ、つらつらおもん見れば、大恩教主の秋の月は、涅槃の雲に隠れ……」と同じように、村田弁慶が読みだしたのかどうか、今はすでにわからないのだけれど、村田さんが真面目くさった表情で、堂々と読みあげていく「勧進帳」は見事なものだった。あの録音テープなりビデオは、どこかにないのだろうか、麻生さん？

機会あるごとに、村田正夫には「「勧進帳」を！」と、私は声を大にしてしつこく所望しつづけた。おそらく村田さんにはうるさかったことだろう。でも、私の所望に応えてくれたことも一、二回あったと思う。とにかく、私にとって、今も村田正夫といえば、あの「勧進帳」なのだ。それは村田正夫の隠し芸というよりも、詩も姿を変えてひそんでいたものと思われる。

村田さんの「勧進帳」に接した人は、他にも何人かいるはずである。「「勧進帳」所望」のエピソードを、私は麻生さんに前にも語ったことがある。

詩の月刊誌の編集長になってから、私は村田正夫と会えば、詩のことや社会のことを含めて、いつも剽軽な冗談をかわしてばかりいる仲だった。

後年、いつだったかくわしい記憶にはないけれど、

「潮流詩派」節目の記念号編集の前の時期だったと思う。村田さんが「××号を記念して「潮流詩派」を解散しようかな、と思うんだ」と真顔ではっきり言ったではないか。同感。同人誌として「潮流詩派」は長いことつづいていたから、私は即座に「それがいい!」と、真顔で冗談半分に無責任に賛成したものだ。同感! その時、村田さんはただ笑っていたと思う。「解散」という言葉にも、村田さんならではの独特のユーモアが感じられた。

しかし「潮流詩派」は、その後ずっと今もなお、麻生直子さんをはじめ、同人のみなさんの努力によって続刊されている。その裏には、村田正夫のあの時の「解散」の言葉が、皮肉にも生きつづけているように私には思われる。慶賀にたえない。

最後に折句の試みである拙詩「むらたまさお」（詩集『やあ、詩人たち』所収）を、ここにあげておこう。

むらおさは、毎朝
ラジオ局の屋上から
大衆に「ナポリを見て死ね!」とくり返す。
まあ、まあ、
酒でも飲みながら例の「勧進帳」を
おおいにご所望なされませ。

（「潮流詩派」二六七号、二〇二一年十月を改稿）

除夜の鐘聴きながら

福島泰樹

詩集『轟沈とゴルフ』は、二十一世紀開幕を記念して二〇〇一年に刊行された村田正夫二十一冊目の詩集である。標題は、日米安保の欺瞞と森喜朗首相の愚昧を暴いた（二〇〇一年二月、ハワイ州オアフ島沖で愛媛県宇和島水産高等学校の練習船が、急浮上した米原子力潜水艦「グリーンビル」に衝突され教員ら五人と学生四人が死亡した）「えひめ丸事故」からの詩的カリカチュアである。

ところで、詩人の生年は五・一五事件が勃発、政党政治が死に瀕し、満州が建国した一九三二（昭和七）年。誕生の一月二日には、初詣客を乗せた江ノ島行きのバスが崖から転落したことも付け加えておこう。

「一九四四年四月三日神武天皇祭の日に／旧制中学校に入学した」（「行きます」）。翌年八月十五日、中学二年生十三歳になった詩人は、徴用先で玉音放送を聴かされたのであろう。

叛逆の精神史を形成させるに至る場面の一齣一齣である。ともあれ、一九五〇（昭和二十五）年には、法学部の学生として占領軍のレッド・パージに抗し「早大事件」を戦い、翌五一年、「早稲田詩人」を創刊（十九歳）した。

ここまで書いてきて、ようやくに詩人との接点らしきものに出会った。集中「一九五二年といえば／早大事件をテーマにした「五月九日の朝」など／二六篇の詩を書く学生だった」（「いのち短かし」）の一節がある。牛乳瓶や謄写版が雑然と軋めく部室の机にうずくまり詩を書く学生服が見える。そう、大隈講堂に隣接する一郭、学生会館の三階に、早稲田詩人会、短歌会、俳句会の合同部室「27号室」があった。私が短歌会に入部する少し前には寺山修司が、そしてその少し前には学生詩人村田正夫が、出入りしていたのだ。

生死事大　無常迅速……。それから半世紀近い歳月が流れた「二〇〇〇年一二月三一日（日）曇」、詩人はこう曰ってみせるのだ。「〈紅白は見ない〉しきたりなので／一風呂浴びて上撰金冠大関を酌み／民放をあちこち回し一九四〇年代の唄など聞き／二〇世紀の大事件と言えば／一五年戦争とそれに伴う空襲と敗戦だなあ／〈君主〉侵略主義から〈民主〉平和主義への転換だなあ／と」。

日の丸の小旗を振って出征兵士を見送る坊主頭、玉音放送を聴かされる半ズボンが見える。

「二〇世紀の三分の二を生きた重さと軽さを／計りにかけると／経済的にも物質的にも〈下の上〉というところ／生まれての損得を問われれば／〈損〉の目盛りがぐうんと沈んで／除夜の鐘聴きながら二一世紀を迎えるつもりが／いつのまにか寝入ってしまった」。たんたんとした話口調に、人生という時間が苦みを添えてたっぷりと盛り付けられている。

ところで詩は状況である。詩集四五篇中、一篇を選ぶとすれば「オリンピック異説」の「参加することに意義があるというなら／競技が終わるたびに全員を表彰すればいい／金だ銀だ銅だ入賞だと格付けして／その上に国旗だ国歌だと囃したてるのは／ナショナリズムの押し付けだ」をとるか、いや「ハーバート・ビックスの新著」中の引用の的確さこそ、詩人没後十年の今日を照射してやまないであろう。

「〈その結果〈天皇の免責〉が〈日本人全体の免責〉をもたらすというアカウンタビリティと道義的責任の回避を生み出している〉…」。原発事故を起こした東電、首脳、安倍、菅に代表される日本人は、いつから「説明責任」を果たさなくなってしまったのか。

二十一世紀を跨ぐ詩人の、自己省察に基づく時代と人間への深い洞察は、モンテーニュ「随想録」を喚起させ、思想、文化、風俗、社会、政治、学術、経済に及ぶ皮肉の効いた滋味あふれる「文明批評」は、T・S・エリオットの骨格を荒っぽく継承している。

（「潮流詩派」二六七号、二〇二一年十月）

簒奪された「社会派」への信頼、歴史感覚を取り戻すために

岡和田晃

「社会派」。およそ芸術や芸術家のあり方を語るうえで、これほどまでに意義を失い、簒奪の憂き目を見た術語もないだろう。表象されるべき「社会」のあり方が大きく変容し、倫理の底が抜けてしまっている。新自由主義経済体制のもとに、あらゆる芸術が包摂されている現状、ガス抜きとして消費され、かえって体制そのものを強化してしまうというジレンマがある。つまり、社会がすでに崩壊してしまっているのに「社会派」を名乗ることは、一種のシニシズムに陥ってしまう状況が長らく続いているのである。

ペーター・スローターダイクは『シニカル理性批判』(一九八三年)において「啓蒙された虚偽意識、不幸な意識の近代版」を、シニシズムの第一定式として位置づけた(高田珠樹訳)。けれども、そもそも村田正夫(一九三二～二〇一一年)が詩作による最初の〝社会派宣言〟だったと自認する「音のはなし」(「早稲田詩人」創刊号、一九五〇年十月十一日刊)は、まさしくシニシズムの仮面を剝ぎ取ることを、目論む類のテクストであった。

静かにしてください
ほら
あなたにはあの音が聞えませんか
それは複雑な合成音です
シュ・アク・アイ・シュ・アク・アイ……
まるでレールを踏んでいるようですね

殺人だ
餓死だ
徴兵反対だ
朝鮮だ戦争だ

「静かにしてください」の連は、それが抒情詩の作法で書かれていることを示唆する。ところが、「それは複雑

な合成音です」の連になると、意味性を欠いた「音」の連鎖による、モダニズムのマナーへと転調を来たす。そこから「殺人だ／餓死だ／徴兵反対だ」という普遍的な反戦の倫理が明示され、さらに朝鮮戦争を想起させる固有名が召喚されることで、スローガンの枠を超えた深層としての現代意識が滑り込まされている。

「音のはなし」は早稲田詩人会の会合で会員から徹底的に攻撃されたというが、その苛立ちは、ヘーゲル流の弁証法に倣えば、テーゼ（抒情）→アンチテーゼ（モダニズム）→ジンテーゼ（社会性）としての構造、つまり詩作の到達点としての「社会派」への覚醒を促したことへの反発なのは明らかだ。だからこそ、かえって村田は、そこにデッドスポットがあると見、「社会派」を謳う必要性への確信を深めたわけである。

村田の第一評論集『社会性の詩論』（東京書房、一九六三年）には、「社会派」という言葉にどのような期待が込められていたのかが、すでに余すところなく記されている。まず、詩は政治のためではなく、詩作それ自体を目的としてなされねばならない。そのうえで、詩の社会性は「内的社会性＝詩が社会的主題をもつこと」と、「外的社会性＝詩作された作品が社会的効果をもつこと」とに区分される。敷衍すれば、両者の螺旋を描くような絡み合いを自覚しつつ、「革命のために詩をかくべきではない。しかし詩は革命の導火線としてのエネルギーを持たなければならない」（「組織／文学／政治／従属？」一九六二年）というわけだ。

面白いのは、にもかかわらず、村田が文学に対する政治の優位を決して認めず、政治への奉仕としての文学を断固、拒絶したことである。出発点としては主に、戦後の「政治と文学」をめぐる初期の結節点となる二つの問題が意識されていたようだ。第一に、第五福竜丸事件への応答としてなされた『死の灰詩集』（一九五四年）をめぐる論争と、一九六〇年安保の敗北である。前者において、戦争のプロパガンダに対して詩で応戦することそのものが——作品の凡庸さにおいて——戦争協力に近似的になってしまうという、スティーヴン・スペンダーや鮎川信夫による批判がある。後者は、吉本隆明が『擬制の終焉』（一九六二年）で記したように、日本共産党や革共同といった政党・党派とは明確に距離を置き、未成熟なままの「市民思想・労働者運動」に期待をかけるものの……それらが過渡期ゆえの混乱や対立からは抜け出せていない、という認識があったのだろう。実際、村田は現代詩の会による安保闘争に身を投じていた。

ゆえに村田は、詩人が状況へ応接するにあたり、党派的な善導による作品の陳腐化、さらにはセクト化の弊を避けるため、「社会性」の枠をできるだけゆるやかに設定することの必要性を痛感していたに違いない。だからこそ、「荒地」や「列島」ではなく、あるいは職場内のサークル詩でもない……逆説的に「派」を付した名称の詩誌「潮流詩派」を立ち上げ（一九五五年）、その場を維持し続けた。村田は第二評論集『戦争／詩／批評』（現代書館、一九七一年）に収められた「「列島」批判」（一九六三年）で、「記録的方法と、詩における外部の問題が社会現実にはたらきかけるとき、そこに自己の内部通過という工程がなければならないこと、および主体性の恢復の重視」を「列島」から学んだことを明記している。同時に、「国鉄詩人王国なんてものはない」（一九六〇年）と、サークル詩の枠組みを乗り越えた詩のあり方をも提唱していた。つまり、モダニズム詩はむろんのこと、生活詩や民衆詩をも包含しつつ、あくまでも自律した芸術主導の文学運動を目したというわけだ。

村田は『社会性の詩論』を刊行した時点で、三冊の詩集を刊行していた。第一詩集『黄色い骨の地図』（一九五五年）は、「この空腹という原始的生理が、鐵筋コンクリートに圍まれた、アスファルト路上を、自嘲に似たクラシックのテムポで歩いている」（「空腹について」）と、戦後東京の情景が、北園克衛を彷彿させるモダニズムの手法で描かれている。それでありながら、「釧路」や「宗谷岬」と題された詩群では、中央中心主義から半ば脱しようとするかのように——海外旅行が自由でなかった時代に——日本の端々へと赴き、「國境の緊迫を強くうちはなしている」情景を活写していた。

土門拳の装丁が目を惹く第二詩集『東京の気象』（一九五八年）の表題作では、「はじまる／信じない胎児／信じない膣式開腹手術／信じない私たちの影／信じない水たまり／信じない平穏・台風の眼」と、性的な隠喩をもって自らの出発点である故郷・「東京」を描き直しているが、そこでは「セックス・アピール」とは異なるエロスの表出が試みられている。収録作が「戦争の午前」ををも示唆するという第三詩集『戦争の午後』（思潮社、一九六二年）や、それと対になる第四詩集『ポンプノチカラデスイスイアガレ』（一九六五年）には、戦争詩が集成されている。それこそアンジェイ・ワイダ監督による「抵抗三部作」の第二作『地下水道』（一九五六年）より題をとった「地下水道」が収められているのだ。「できたぼくらのアジト／地下水道の／まるい空間／そこで／食事し排泄し討論する／多摩川に注ぐ／京浜工業地帯の汚水の上」と、少年時代のごっこ遊びの記憶を描き直すように見えながら、朝鮮戦争「特需」に沸き立つ、高度経済成長の根っこを見据える批評性を確認できる。

後にパートナーとなる麻生直子が村田正夫を知ったのも、この詩を介してだったという。麻生は石毛拓郎の個人誌「反京浜文化」第九号（一九七八年）に寄せた「身体性への把握──「手」の行為について」で、奥尻島からやってきた若い娘が、手の指を四本も機械で切断し、そこを包帯で巻き続けている工員に出会い、「生なましい衝撃」を受けたことを綴っていた。「身体性への把握」では、こうした「手」の欠損のイメージが、『戦争の午後』に収められた「敬礼」で語られる陸軍二等兵の「両眼をかっとひらいて／中空をにらみながら／右手の指先は／正確に鉄帽のふちにのびていた」と謳われる敬礼、麻生の言う「自由の意志を奪われた手」へとテマティスム的に接合されていく。ただ、「地下水道」が、以下の連で結ばれていることには留意しておきたい。

だが
夏のある日
ワルシヤワの市民が
血みどろの地下水道から見た
ヴィスラ川の
朝の光の輝きを
そのときはまだ知らない

ここでは、ナチス・ドイツとソ連によって分割されたポーランドと「日本」との間に横たわる距離までもが表象されている。第五詩集『ナポリを見て死ね』（一九六八年）は、ヨーロッパを旅した経験を書き留めることで、それを埋めようという試みだったが、そもそもワイダの映画は――蜂起の再現や賛美ではなく――悲劇的な歴史的経験を、同時代のくびきに閉じ込めないことが目されていた。ワイダの映画を参考文献に挙げたジェイソン・モーニングスターのモダン・ストーリーテリングゲーム『青灰のスカウト』（二〇〇七年）のように、近年、子ども兵への着目からワルシャワ蜂起への語り直しを促す作品も作られており、ワイダの問題提起は二十一世紀においても有効性を失っていない。

　村田はロベルト・ロッセリーニ監督『無防備都市』（一九四五年）のように、イタリア・ネオレアリズモ映画に傾倒していた。だが、その詩作は、イメージの広がりよりも、映像体験を通して作家が何を把捉したのかを簡潔に伝えることを目している。言語に対する過度の依存を超えようという試みなのかもしれないが、どうしても情報量の不足が枷になる。そこで村田は、風刺詩という戦略を採ることにしたようだ。第六詩集『バラ色の人生』（一九六九年）は、一冊まるまる風刺詩が集められている詩集であり、吉本隆明の『擬制の終焉』（一九六二年）に出てくる文句、「安保過程を無傷でとおることによって、じっさいはすでに死滅し、死滅しているがゆえに、バラ色にしかかたりえない」主体のあり方を、それこそ風刺しているように見える。吉本が「擬制」として引導を渡した機動戦（グラムシ）を、あえて引き受けようとしたのであろう。

　実際、『バラ色の人生』の表題作において、「世はまさに風神雷神である」、「風スル馬牛である」、「風刺である」と立て続けにまくしたてる「動的」かつ「遊撃的」な風刺詩、笑いに満ちて攻撃的な、時代の証言としてのテロリズムでなければならない、という確信に裏打ちされていた（第三評論集『詩の社会性』、現代書館、一九七七年）。かような風刺詩の精神を、村田は主として小熊秀雄から学んだ。野口正義との共編『戦争とは何か』（現代書館、一九六九年）を見るに、村田は吉本の『高村光太郎』（一九六六年）や「四季」派批判に一定の妥当性を感じていたようだ。しかし、詩人の戦争協力について、吉本が「転向論」（一九五八年）で示したような、「日本の近代社会の構造を、総体のヴィジョンとしてつかまえそこなったために、インテリゲンチャの間におこった思考変換」としての「転向」という総括で捉える姿勢には、納得がいかなかったに違いない。それでは「プロレタリア詩」の意義そのものが毀損されてしまいかねない、というわけだ。

　何より、「プロレタリア詩人」としての小熊秀雄を日本的な「転向」の文脈で捉えるのは不可能であり、何よりインテリ主導の歴史観について――「ポンプのチカラデスイスイアガレ」と同じ「現代詩」一九六三年五月号に掲載された片桐ユズルの詩で謳われる――「専門家は保守的だ／と　直感的にこういえると思う」という観点（「専門家は保守的だ」）を共有していたように見える。片桐の詩では「五四運動について情熱的にかたったが／そとで都の西北　学の独立がきこえると／おまえたちはあんなまねせんでええ」と語る「東洋思想のフクイ先生」が活写され、そこから全方位的な風刺が軽快に展開される。同様に、『バラ色の人生』では、東大安田講堂事件から天皇制までが、等しく風刺の対象となるわけだ。

　つまり、「四季」から「荒地」へ至る近現代詩の保守本流、あるいは「列島」までもが天皇制やナショナリズムへの批評意識を欠落させていた（北川透＋佐藤幹夫「詩・共同体・戦争」二〇二一年）のに比して、それらを含めた動員の原理、「国家のイデオロギー装置」（アルチュセール）としての「大学」を解体しようという動き、そのものをも哄笑していこうという戦略が、村田にはあった。第五評論集『現代詩体験』（潮流出版社、一九八九年）では、一九六七年から八一年までの「子どもの詩世界」が紹介されていたが、いずれもシュルレアルな風刺詩として読めるクオリティの高い作品揃いで、既存の「イデオロギー装置」に囚われない無垢なダイナミズムを取り戻そうとする村田の戦術が、決して間違っていなかったことを証し立てている。

　そして、この第六詩集までで、村田正夫の詩作は、概ね方法論的に完成を見たように思われる。編著『現代風刺詩集』（一九七〇年）では、他者が綴った風刺詩群の組織化が試みられているし、第七詩集『センチミリミリの歌』（一九七〇年）は、過去の自作のスタイルを四系統に区分したうえで、それらを集成するという形がとられている。第八詩集『北の羅針』（一九七三年）は、いよいよ「国境」を超え、ソヴィエトにわたったときの記憶が綴られ、あるいはフリージャズとの共演のために書かれたリズミカルな詩群が収められている。収録作「船が港にはいる」で詠われる情景描写の緊張感からは、「平和と友好」を背負おうという意気込みがよく伝わってくる。

おれは
甲板から船室へおりて
そっと丸窓から手をのばし
岸壁にふれる
ピオニールの整列した足が
若木のようにみえて
波止場は
目の前を水平に
どんよりと重たくひろがっていた

ヴェトナム戦争の集結を扱った第九詩集『奴隷歌』（一九七七年）では、中産階級的な共同観念そのものを問う形にまで風刺は発展させられている。「何がカメラだ水平線だ／沖縄だ戦火の彼方だ錯乱だ／太陽が出ると／猿は／プイとどこかへ行ってしまった」（「足摺岬」）と、移動を旨としながら傍観者たらざるをえない、自らをも風刺の対象とする眼差しがある。第十詩集『チャップリン』（未刊、『村田正夫詩群』所収、一九八〇年）において、風刺は抗議にまで高められ、アメリカ帝国主義への抗議としての焼身自殺から問いを引き受け、「おれがテロリストである筈はない／詩人にテロリストがいるとしたら／花や鳥やそして空気を愛するやさしい詩人がそうだ」（「あるテロリストが」）と、風刺詩人としてあり続けることの（不）可能性が諧謔をもって強調される。

『チャップリン』には関西への旅を扱った詩群も収められており、それらは『旅ゆけば北海道』（一九八六年）で発展を見――江差、奥尻、さらにはアイヌの耳塚といった――麻生直子『神威岬』（一九八二年）と響き合うモチーフへの発見を促した。『旅ゆけば沖縄島』（一九八七年）では、「苦界に身を沈めるというのは／女のことかと思っていたら／どうしてどうして／いまの男たち／みな／あわれにも苦界に身を沈めているではないか」という古代までイメジ（イメージ、イマージュ）を沈潜させることでジェンダーの非対称性を埋めんとする問いが扱われている（「出雲玉作跡」）。しかしながら、一九八〇年代発表の一連の旅行詩は――見るべきものは見逃していないが――観光客めいた踏み込みの浅さは否めない。これは、バブル経済に沸き立つ日本において、「社会性」のあり方が変容してきたことをも示唆している。拾遺詩集『鳩のシャワー』（一九九六年）が顕著であるが、齢五十の大台を迎えた村田は――それこそ小熊秀雄『飛ぶ橇』（一九三五年）のような風刺的叙事詩を描いてオルタナティヴを明示するのではなく――日録風の速筆スタイルを崩さないことで状況への即応性を維持する、という方法を選んだようだ。

　だから村田は、『遠イイ戦争』（一九八八年）や『遥かな雲たち』（一九九三年）においては、少年時代の戦争を執拗に詠い直すことで、イラン・イラク戦争から湾岸戦争に徴される国際情勢の動乱へ、自らの関心をつなぎとめようとする。『振りかえる象』（一九九七年）には、北海道南西沖地震をリアルタイムで扱った「奥尻島の夏」が収められ、オウム真理教についても、その〈狂信〉ぶりに呆れつつも「戦前の天皇を頂点とした〈狂信〉の足元には／及ぶべくもない」（「オウム返しの日々」）と、いち早く寸鉄人を刺す指摘をなす。『トンボと兵隊』（一九九八年）においては、旧ユーゴの内戦を詩で直接扱い、『方丈記を探す』（二〇〇〇年）でも、「フリーターのフリーは餓死するフリーにすぎない／それは社会の肥やしにすぎない」（「どっちの肥やしに」）という予見的なフレーズが盛り込まれている。

『轟沈とゴルフ』（二〇〇一年）では、森喜朗の「神の国」発言や、支持母体をなす神道政治連盟が執拗に批判されている。『アフガン不眠』（二〇〇二年）、『イラク早朝』（二〇〇三年）、『出陣する唄』（二〇〇四年）では、九・一一アメリカ同時多発テロ事件から小ブッシュ主導による報復戦争、さらには悪法・国旗国歌法の成立、国民総背番号制などが次々と槍玉にあげられている。けれども、これら毎年のように出版された村田の詩集は――その意気込みとは裏腹に――あまりにも「正気」ゆえ、それがジャーナリズムの言葉から自律しているというよりは、むしろ注釈の域を出ていないようにも見えないではない。

しかし、『時代の船』（二〇〇六年）と題された生前最後の詩集が、第一次安倍政権を目して紡がれているように、一九八〇年代半ば以降の状況に対して即応的に発表されてきた膨大な詩群を連続して読んでいくと、それが一九五〇年代からの一貫したパースペクティヴのもとで読むことができるのに気づかされる。この粘り腰の持続性こそが、村田の強みであるだろう。とりわけ一九八〇年代以降、自らのスタイルをドラスティックに変化させた吉本隆明と比べてみれば自明である。つまり、村田の頑ななまでのブレのなさが、かえって「社会派」に対する信頼を恢復する営為にもつながりうるというわけだ。実際、たとえ村田が没してからも、目の前の状況に対して、村田ならばどう詩を通して批評をしたかを想像するのが、きわめて容易なのは言を俟たない。簒奪された「社会派」への信頼と、失われた歴史感覚を取り戻すこと。それが、いま村田正夫を読み直す意義、なのである。

＊村田正夫の著作については、特に断りのない場合、潮流詩派社または潮流出版社から刊行されたものである。

（「潮流詩派」二六七号、二〇二一年十月）

現代詩文庫　250　村田正夫詩集

発行日　・　二〇二四年一月二十日

著　者　・　村田正夫

発行者　・　小田啓之

発行所　・　株式会社思潮社

〒162-0842　東京都新宿区市谷砂土原町三―十五
電話〇三（五八〇五）七五〇一（営業）／〇三（三二六七）八一四一（編集）

印刷所　・　三報社印刷株式会社

製本所　・　三報社印刷株式会社

用　紙　・　王子エフテックス株式会社

ISBN978-4-7837-1028-8　C0392

現代詩文庫

新刊

201 蜂飼耳詩集
202 岸田将幸詩集
203 中尾太一詩集
204 日和聡子詩集
205 田原詩集
206 三角みづ紀詩集
207 尾花仙朔詩集
208 田中佐知詩集
209 続続・高橋睦郎詩集
210 続続・新川和江詩集
211 続・岩田宏詩集
212 江代充詩集
213 貞久秀紀詩集
214 中上哲夫詩集
215 三井葉子詩集
216 平岡敏夫詩集
217 森崎和江詩集
218 境節詩集
219 田中郁子詩集
220 鈴木ユリイカ詩集
221 國峰照子詩集
222 小笠原鳥類詩集
223 水田宗子詩集
224 続・高良留美子詩集
225 有馬敲詩集
226 國井克彦詩集
227 暮尾淳詩集
228 山口眞理子詩集
229 田野倉康一詩集
230 広瀬大志詩集
231 近藤洋太詩集
232 渡辺玄英詩集
233 米屋猛詩集
234 原田勇男詩集
235 齋藤恵美子詩集
236 続・財部鳥子詩集
237 中田敬二詩集
238 三井喬子詩集
239 たかとう匡子詩集
240 和合亮一詩集
241 続・和合亮一詩集
242 続続・荒川洋治詩集
243 新国誠一詩集
244 松下育男詩集
245 佐々木安美詩集
246 松岡政則詩集
247 斎藤恵子詩集
248 福井桂子詩集
249 藤田晴央詩集
250 村田正夫詩集